Rojo sangre

POE|Berenice

MANUEL H. MARTÍN

Rojo sangre

Berenice

© Manuel H. Martín, 2023
© Editorial Almuzara, s.l., 2023

Editorial Berenice
www.editorialberenice.com

Primera edición en Berenice: mayo de 2023

Colección Poe • Terror

Director editorial: Javier Ortega

Maquetación de Rosa García Perea

Impresión y encuadernación:
Gráficas La Paz

ISBN: 978-84-11315-26-5
Depósito Legal: CO-574-2023

Impreso en España/*Printed in Spain*

«¿Ha estado alguna vez enamorado? ¿No es horrible? Te hace tan vulnerable. Te abre el pecho y el corazón y eso significa que alguien puede meterse dentro de ti y revolver todo».

The Sandman (Neil Gaiman)

«Tal vez aprenda algo sobre el carácter de la muerte, que es allí donde termina el dolor y empiezan los buenos recuerdos. Que no es el final de la vida, sino el final del dolor».

Cementerio de animales (Stephen King)

1

A María le pesan el cuerpo y la vida, pero son las siete de la mañana y ha de levantarse. Ni siquiera espera a que suene el despertador. Como todos los días, su delgado cuerpo de setenta años arranca. El movimiento es mecánico. Toca el suelo con los pies fríos y se incorpora. Una mirada perdida al otro lado de la cama la empuja a salir de la estancia.

Aún en camisón, se lava la cara. A pesar de las arrugas y el pelo blanco, sigue teniendo un rostro hermoso y unos ojos muy claros. ¿Se ve guapa? Eso le han dicho siempre, que es guapa, pero ella no tiene ojos para sí misma, puede que nunca los haya tenido. Suele estar más pendiente de lo que ocurre fuera. Como en este momento, prefiere dirigir la mirada al pequeño crucifijo que lleva colgado del cuello. Lo agarra fuertemente entre los dedos de una mano, cierra los párpados y frunce el ceño.

Reza una más de sus plegarias.

***

—Mamá, ¿te has pensado lo que te dije? —pregunta una voz de mujer de unos cuarenta años al otro lado del teléfono—. No puedo coger un avión y plantarme en España de un día para otro Lo siento, de verdad. Por favor, coge el teléfono, necesito...

Peinada, con el pelo recogido y la bata puesta, María no termina de escuchar el mensaje que le ha dejado su hija en el contestador. Ha colgado el teléfono inalámbrico con rabia: «¿Para qué contestar?», piensa, y prepara el desayuno. Ya son las siete y veinte de la mañana.

El gas de uno de los cuatro hornillos se enciende. La llama prende. La cafetera humea y las dos rebanadas de pan de pueblo saltan del tostador. Pone cada una en un plato, sirve una taza de café con leche para ella y otra de café solo para su marido y los deja en la mesa de la cocina. El desayuno no ha cambiado desde que comenzaron a vivir en esa casa. Llevan casi toda la vida tomando lo mismo en el mismo lugar y a la misma hora, a las siete y media de la mañana.

—¿Qué te pasa, cariño? —pregunta Andrés, que está sentado en la zona de penumbra de la mesa, la más alejada de la ventana que da al exterior.

—Nada, Andrés —dice María mientras se sienta con desgana cerca de la ventana—. Que no puedo dormir.

—Y encima… te levantas temprano.

—A la hora de siempre. ¿Hoy no te apetece desayunar? María no quiere hablar.

Ladea la cabeza y observa el exterior a través de los cristales. Fuera, la luz del alba comienza a difuminarse

10

en los objetos y estancias de la parte trasera de la casa: restos de cosas que sirvieron para algo en la vieja parcela, la caseta y la cadena rota del último y enorme perro, mezcla entre pastor alemán y mastín, el grande y seco roble centenario del que cuelga un columpio oxidado.

—Cariño, ¿otra vez has discutido con la niña? —pregunta Andrés.

La panorámica exterior se rompe. María mira al frente. Andrés ha inclinado el cuerpo sobre la mesa, saliendo de la penumbra. Su rostro, moreno y curtido por el sol, y sus ojos honestos se esfuerzan por sonreír.

Ella da un sorbo al café. Demasiado caliente, pero está acostumbrada a saborearlo así. Pasados unos segundos, suspira y dice:

—La niña está loca.

—No hables así —dice él con calma.

—¿A quién se le ocurre irse tan lejos?

—Aquí no hay trabajo. Es normal que se haya ido fuera.

—No es solo eso.

—¿Entonces qué es?

—Que tu hija siempre ha hecho lo que le ha dado la gana, Andrés. Y ahora me llama para decirme lo que tengo que hacer yo. Con lo que hemos hecho por ella y encima...

—Para, María —Andrés sopesa un poco antes lo que va a decir y espera a que su mujer se calme para continuar—. Puedes llamar a la niña cuando quieras. Siempre lleva su móvil encima. No sé por qué te pones así.

—Es que no quiero hablar con ella, ¿no te enteras? Que tiene muchos cojones. Demasiados.

—No sé a quién sale.

María aprieta los ojos, como si fuera la versión femenina de Clint Eastwood.

—¡Qué mariconazo eres, Andresito! —suelta con cierta retranca.

Ambos sonríen, pero la sonrisa de la mujer dura poco. Vuelve a mirar al exterior, ahora algo más iluminado. El sol está a punto de salir y llenar de luz toda la parte trasera de la casa.

—María... ¿Tú qué quieres hacer?

—¿Y tú? —María escupe la pregunta, enojada, y gira bruscamente el rostro desafiante hacia su marido.

Andrés se mantiene callado frente al destello de rencor que observa en los ojos de su mujer. Siente un peso enorme en la nuca, baja la cabeza y pega su espalda a la silla. Desde la penumbra, con la mirada perdida en el plato y la tostada, Andrés suspira y contesta con voz apagada:

—Yo no puedo decidir nada. Nada.

El rencor desaparece de los ojos de su mujer, que ahora intenta acariciar la mano de su marido.

El hombre levanta la cabeza poco a poco y acerca una mano a la de su mujer, pero sin llegar a tocarla.

—Llevamos juntos desde que tengo quince años —se contiene María—. Toda la vida contigo, Andrés. ¿Qué quieres que quiera?

Intenta tocar la mano de Andrés y luego cierra los ojos durante unos segundos para perderse en sus pensamientos.

Al abrirlos, la mano de su marido no está, ni su cuerpo, nada. Frente a ella, la solitaria taza de café y la tostada intacta sobre el plato.

La penumbra desaparece poco a poco a causa de la luz del sol que se cuela desde la ventana que da al exterior.

María suspira y se concentra en un aterrador sonido que proviene del interior del oscuro pasillo que conecta toda la casa. No quiere recorrerlo. Quisiera no tener que ver lo que se oculta tras el ruido agónico y terrible que procede de la estancia en la que duerme, que emana desde la cama de la que le cuesta levantarse.

Al otro lado de la casa, a solas, se encuentra mejor. La cocina es el lugar donde prepara el desayuno y donde acude cada mañana, a la misma hora, con la ilusión de encontrarse con Andrés. Pero su marido ya no es el que era, ni siquiera el que le habla en su imaginación.

Andrés no puede salir del dormitorio, cargado de cruces, vírgenes y santos. El hombre de setenta años está atrapado. Su cuerpo retorcido reposa en la cama y está embutido en un pijama blanco con rayas grises que le queda grande, inmerso en las tinieblas del cuarto en el que aún no ha entrado la luz del día. La tenue iluminación de la estancia procede de unas velas colocadas encima del mobiliario, alrededor de varias fotografías de familia.

María ha convertido la habitación en un santuario. Pero, a pesar de sus ilusiones y plegarias, su marido, o lo que queda de él, no es más que un cuerpo enjuto y enfermo, una mirada en el techo, una mente perdida y una respiración monstruosa y agónica que indica que al cuerpo le falta aire y le queda poca vida.

2

Hambre, ninguna. «Y mira que mi madre pasó hambre en la guerra», piensa.

A ella, con setenta años, algo le tocó pasar. Ahora no tiene hambre por falta de comida, sino por falta de ganas.

Después de su ensoñación habitual, María se pone una camisa, un pantalón vaquero y unas botas y comienza el mismo plan de cada día. Afeita una cara demasiado pálida, luego lava un cuerpo que no se mueve y lo mete en un pijama limpio. Andrés tiene una mirada completamente vacía, perdida. María intenta esquivarlo. Pero cuando sus miradas se cruzan, aunque la de Andrés sea involuntaria, todo es ternura y delicadeza.

Fuera, el mundo está loco. María poco o nada quiere saber de él. Se ha negado a tener móvil (para cualquier urgencia tiene el teléfono inalámbrico de la cocina) y apenas enciende la antigua tele de tubo, que reposa sobre un mueble provenzal como un elemento decorativo, con el tapete de ganchillo encima. ¿Y la radio, que siempre ha disfrutado? «Para lo que hay que escuchar, mejor apagada», se dice. La casa es su planeta, un búnker del que apenas ha salido estos últimos años y por el que suele pasear sin rumbo, volviendo una y otra vez a las mismas estancias. «Mejor moverse que pararse a pensar», piensa cada vez que frena.

Y María no para pero, de vez en cuando, clava la vista en los santos y vírgenes que hay en los muebles del dormitorio. ¿Cuántas veces le ha pedido a San Pancracio que cure a su marido? ¿Para qué sustituye las velas cada mañana? ¿Por qué no dejar que se apaguen las llamas? Al santo al menos lo mira. Porque en su hija ni se fija cuando limpia el polvo del mueble donde está su foto vestida de comunión o cuando pasa la mopa por debajo de la orla de la universidad. No le interesa la versión de Lucía que creció demasiado y se marchó a principios de 2011. Ha pasado un año y medio desde que se fue y María sigue colocando algunos marcos de su hija boca abajo, como si no quisiera verla. «¡Con todo lo que yo he hecho por ti!», se dice.

Hoy no les ha dado la vuelta, solo los ha mirado con resquemor y se ha dejado llevar por una de sus fotos favoritas, la que tiene en la mesilla de noche. Es de cuando Lucía era un bebé hermoso y bien alimentado. María, sin duda, prefiere a la niña que no podía moverse de su lado y dependía tanto de ella.

Suena el timbre y devuelve la foto a la mesilla. Abre la puerta. No es el chico del único supermercado del pueblo que le hace los recados una vez cada tres semanas, sino el sobrino de Andrés, al que no esperaba.

Al entrar, Daniel nota el olor familiar de aquella casa,

abraza a María, pasan por delante del salón donde hay estanterías llenas de desgastados libros y cómics, la tele, un sofá, un viejo tocadiscos, y una estrecha mesa de madera provenzal con un montón de cartas desordenadas y sin abrir. Al llegar al quicio de la puerta, se frenan. Como si hubiera una puerta de cristal. Para María compartir con Daniel el actual estado de Andrés, postrado en la cama, le resulta una estampa aún más dolorosa. El hombre que malvive y respira con dificultad no es el mismo, pero hay algo que sigue ahí, apenas un poco más blanco que antes, y es el caracolillo que le cae justo en medio de la frente.

—Al final, somos los detalles —dice Daniel con una mueca triste.

María no se para a descifrar las palabras y sigue con la mirada los ojos de su sobrino, clavados en el santuario lleno de velas. A Daniel le extraña un poco ver algunos marcos bocabajo.

—Está muy bueno el café, tía. ¿Cómo lo llamáis aquí?

Daniel ha querido tomarse algo con María. Y ella, para una vez que tiene enfrente a alguien de carne y hueso que no es el chico de los recados, no se lo ha pensado ni un momento para recalentar el café.

—Café de puchero, Dani. Por la forma de hacerlo.

Daniel toma un sorbo y lo saborea.

—Pues está cojonudo.

—En Madrid seguro que los habrás probado mejores.

—Bueno. Mejores no sé. Diferentes.

María observa como disfruta su sobrino al tomar otro sorbo más.

—¿Y qué tal te va por allí?

—Me vuelvo al pueblo. Por una temporada.

—¿Y eso?

Dani piensa en una respuesta corta que ofrecerle. Seguramente, como a su tía, le gustaría vivir en otro momento. Con la crisis todo ha cambiado. La agencia de publicidad en la que trabajaba ha despedido a casi toda la plantilla. A él lo han aguantado hasta último momento. Llevaba la dirección creativa, pero lo ha comprendido. Sabe que la empresa terminará cerrando antes de que acabe el año. Otra crisis más que sufrirán los de siempre... ¿Y ahora qué?

—Lo siento, hijo —dice María.

—Bueno, con la que está cayendo, lo cierto es que no puedo quejarme. De momento tengo ahorros y me queda paro. Nunca lo he cogido en los veinte años que llevo trabajando Creo que me vendrá bien meditar un poco. Tal vez me ponga con cosas para las que nunca tuve tiempo. Algo creativo.

—¿Y te has venido para casa de mamá?

Daniel no puede evitar sentirse triste cuando escucha la palabra «mamá». Por eso ha girado un poco la cara, desviando la mirada.

—Creía que estabas muy bien por Madrid.

—Sí —vuelve a mirar a su tía—, pero he preferido cambiar de aires. Lo necesitaba. Tal vez me ponga con cosas para las que nunca tuve tiempo. Algo creativo.

—¿Algo creativo?

—Creo que voy a hacer un cómic.

—¿Un tebeo, no? —pregunta María, a la que el anglicismo parece gustarle poco.

—Sí... —responde sonriendo—, un tebeo. Ya sabes quién me contagió la afición.

María, que nunca ha leído un tebeo, evita mirarle a los ojos y se pierde en la camiseta de Batman que lleva puesta su sobrino, fingiendo no saber la respuesta. Él también esquiva su mirada. Ninguno quiere mostrarle al otro cuánto echa de menos a Andrés.

Daniel lleva apenas unos días en casa de su madre, la hermana de Andrés, que falleció hace dos años. Como muchos otros, ha vuelto al lugar donde nació para comenzar de cero.

—¿Y no has dejado nada en Madrid? —pregunta María para volver a romper el hielo y evitar la nostalgia.

—Qué va, tía.

—Creía que aún seguías con aquella chica tan mona —dice ella, y piensa por un momento en añadir: «me pareció un poco siesa cuando visitó el pueblo y nos miraba a todos por encima del hombro», pero sabe que es mejor no hurgar en la herida, guardarse la sentencia y sonreír—. ¿Cómo se llamaba?

—No —contesta Daniel, quitándole importancia y evitando pronunciar el nombre—. Aquello acabó hace casi un año. Bueno, ya sabes, tía Hoy las cosas no son como antes. Y ahora mismo prefiero no tener nada. Estoy mejor solo.

—Ya. Ahora nada dura para toda la vida.

Daniel asiente y por un instante recuerda esa pérdida, como si algún recuerdo se reflejase en el café de la taza que aún le calienta las manos.

—¿Y tu hermano Juanillo dónde anda?

—Mi hermano está a su aire, como siempre —habla Daniel con desprecio, levantando la cabeza—. Andaba por Barcelona la última vez que hablé con él. Y a Lucía, ¿qué tal le va por Nueva York?

—¿A tu prima? Imagino que bien —ahora es ella la que imita el gesto desagradable de su sobrino—. Le pasa como a tu hermano. Va a lo suyo.

—Bueno, ella no es igual es una tía responsable. Lo que pasa es que tuvo que irse fuera, como tanta gente. Yo creo que hizo lo correcto.

«¿Correcto?», parece responder María con su mirada. No quiere hablar de su hija, como Daniel no quiere hacerlo de su hermano pequeño. Pero la conversación no frena, sino que coge la curva y sigue por otros derroteros.

Buscan sendas luminosas y memorias vinculadas a Andrés. Llegan las sonrisas y las emociones simples. Ambos desean quedarse congelados en aquellos momentos que quizás no fueran tan maravillosos como los recuerdan, pero sí más agradables que lo que viven ahora. Antes no parecían tan solos.

—Estamos a finales de otoño y no sabe uno qué ponerse —dice María—. Hace fresco por la mañana y por la noche, calor al mediodía ¡Es una locura!

En ese momento, son conscientes de que la conversación se ha alargado demasiado, así que se despiden rápidamente en la puerta de la casa.

—Nos vemos pronto, tía. Llámame para lo que necesites, ¿vale? —insiste Daniel mientras camina hacia su coche para volver al pueblo.

Es la hora de la comida, pero María sigue sin tener hambre. Se podría comer los sobres cerrados que hay encima de la mesa del salón. Una correspondencia que Daniel observó de soslayo al entrar en la casa y a la que ella prefiere no mirar. Tampoco es que le apetezca leer... con lo que le gustaba la lectura, a excepción de los tebeos, que eran cosas del marido y el sobrino. Ni lectura, ni radio, ni discos. Quizá el tocadiscos no funcione, porque hace mucho que no lo usa. Probablemente desde que se jubiló.

Hace cinco años que nadie la llama «maestra». Antes de dejar de trabajar en el colegio del pueblo, soñaba con lo que haría cuando se jubilara. «Mañana tendremos todo el tiempo del mundo», le decía a Andrés. Tiempo para leer sentada en el pequeño porche, tiempo para pasar la tarde escuchando la radio o boleros desde sus vinilos, tiempo para cuidar el huerto... Pero el tiempo pasa y la vida hace los planes a su antojo.

Andrés, que tiene la misma edad que ella, se jubiló a la vez de la cooperativa agrícola. Al cabo de unos meses comenzó a perder la memoria. Tres años más tarde, estaba postrado en la cama, y ahora se encuentra en fase terminal.

María no quiere pensar en lo que los médicos le han repetido tantas veces.

La muerte de su marido nunca ha estado en sus planes. Sin embargo, la respiración de Andrés se hace cada vez más lejana.

El cuerpo se está apagando poco a poco.

3

Qué lento transcurre el tiempo si no tienes hambre ni ganas de nada.

Como hace siempre al final de cada jornada, María sale a respirar aire fresco con la mirada perdida en el horizonte. El cielo de la tarde es rojo y crepuscular. Le recuerda al agua del río Tinto y al paisaje rojizo que queda apenas a unos kilómetros de su casa. Hace años que no pisa la zona. Desde que la mente de Andrés empezó a fallar, las visitas fueron sustituidas por las memorias. Su adolescencia con él, las salidas furtivas y los amores que atan, la madurez juntos, el enorme incendio que sufrió la zona hace casi una década, las pérdidas más cercanas, las historias de padres y hermanos mineros que ya no están, las muertes recientes de los padres de Daniel.

—El río es rojo por el ácido sulfúrico, Andrés —le decía de joven a su marido para que le contara una nueva historia.

—Que no, niña. Dicen que es como Marte. Rojo

como la sangre. Y eso es porque es mágico. ¿Nunca has oído hablar de...?

Así comenzaban las historias que contaba Andrés. El río Tinto era el escenario de leyendas tan increíbles que María nunca quería que terminaran. Esos relatos, algunos inventados o reinventados después de haberlos oído a abuelos, familiares y amigos, la alimentaban. Con las narraciones de su marido y sus libros, María despegaba del suelo, flotaba, soñaba. Andrés no había estudiado, era un hombre de campo, pero estaba dotado de una imaginación desbordante. «Si hubiera podido estudiar, habría llegado a ser escritor o ministro», repetía una y otra vez, y ella sonreía.

El río Tinto.

Detalles fragmentados de una vida que invitan a María a sonreír.

Porque el día ha sido diferente. Su rutina se ha roto. Encontrarse con su sobrino y volver al pasado le ha venido bien.

Hacía semanas que no sonreía y ahora quiere aferrarse al gesto. Cierra los ojos e imagina, mientras el sol desfallece, a Andrés volviendo de cazar conejos con su escopeta colgada en la espalda. «¿Y si no cierro los ojos y Andrés llega hasta mí y me abraza?» Pero pronto la vista se vuelve acuosa y a lo lejos no hay nada más que un seco paisaje que se oscurece.

La sonrisa y los recuerdos se desvanecen. «¿De dónde saco las fuerzas para levantarme y aguantar todo el día?», piensa María, en medio de la soledad y de la penumbra. Parece desear que lo que tiene delante, un mundo inhóspito y seco, se acabe.

Pero no se acaba, solo se apaga. La luz del sol de la tarde también se deja llevar por la tristeza. La sombra se extiende por el extenso terreno que rodea a la solitaria casa, alejada del pueblo y de los vecinos de otras parcelas. El silencio y la oscuridad de la noche caen sobre el huerto, las plantas, el columpio y el viejo y enorme roble.

Pero algo rompe la quietud.

Las ramas del árbol se mueven sin viento.

La madera del árbol cruje por el peso de un movimiento.

Algunas hojas se precipitan al suelo.

Algo se mueve desde la copa hasta el interior del retorcido y siniestro tronco.

Desde las tinieblas, dos ojos brillantes observan lo que ocurre en la casa a través de los cristales de las ventanas.

El dormitorio está a oscuras, apenas iluminado por las velas del santuario. En la cocina, bajo la luz fría del plafón, María, que sigue sin hambre ni ganas, prepara la cena. Tiene que comer algo, sacar fuerzas de donde pueda. Aún no sabe que esa noche va a necesitarlas.

4

—¿Hay alguien ahí?

Ha tardado solo unos segundos en coger del aparador del salón la escopeta de caza de su marido, comprobar que está cargada y salir de la casa.

Con el arma apuntando al frente, vuelve a hacer la pregunta. No obtiene ninguna respuesta. Algo se mueve entre los pequeños árboles del huerto, cerca de la verja que cierra el camino al final de la parcela.

El ruido se enmudece por un momento. María se acerca a la verja cerrada. Parece que nadie ha entrado.

Oye algo a su espalda y se sobresalta. La escopeta cae al suelo. Está descompuesta, pero no va a girarse sin agarrar bien el arma. La coge del suelo y se da la vuelta. No puede cerrar los ojos ni dejar de apuntar a lo que tiene a su espalda.

—¡Tu puta madre ! —dice para sí misma, suspirando con la mano en el pecho.

A sus pies, hay un pequeño gato negro que maúlla. Sin soltar la escopeta, coge al pequeño animal y lo pone en su regazo.

—Tienes hambre, ¿verdad, cabroncete? —le dice con ternura, acariciando al animal mientras camina hacia el porche.

Deja la escopeta en el suelo.

—Vaya susto me has dado —le dice—. A ver qué tenemos por aquí.

Saca una lata de atún y un poco de leche de la alacena de la cocina. Para el tamaño del gato es suficiente. El animal lleva días sin comer y tarda poco en terminarlo todo.

Al ver que apenas puede moverse, María lo coge y lo acaricia. El felino le lame los dedos, pero no le importa, incluso lo disfruta. Quizás, ahora que está saciado, le regale un poco de cariño.

Se sienta en la pequeña hamaca del porche. Relajada, descalza y con el gato entre las piernas, se queda embelesada mirando el cielo estrellado. Es una extraña noche de otoño, con tan buena temperatura que puede estar fuera sin sentir frío ni humedad. Ni siquiera se ha puesto la rebeca.

Acaricia al pequeño animal, como si se hiciera cosquillas a sí misma. Observa su pequeña parcela cercada por la verja, la noche oscura y solitaria. No quiere estar triste y se consuela para intentar dormir tranquila: «No estoy sola, porque tengo mi casa y a mi marido. Tengo toda una vida». Poco a poco, se va quedando dormida.

***

Veinte minutos le han durado cerrados los párpados. El gato la despierta. El animal tiene los pelos erizados y parece muy asustado. Desde la esquina del porche, emite un aullido inquietante, y cuando ella se levanta, sale disparado hacia los árboles del huerto.

María llega a la esquina en la que estaba el animal y no encuentra nada, aunque le extraña que la ventana de su dormitorio esté abierta.

Escopeta en mano, se adentra en la casa.

Se mueve con sigilo con los pies descalzos. Le tiemblan los brazos y le palpita el corazón. Un sudor frío le atraviesa el cuerpo y le corre por la frente.

En el dormitorio, la aterradora respiración de su marido se entremezcla con ruidos poco reconocibles.

Algo se mueve.

María está muy asustada. En sus oídos retumban con fuerza los ruidos y su sudor se hace cada vez más presente.

«¿Qué coño se ha colado en mi dormitorio?», piensa.

No sabe si es una persona, un bicho o algo que es producto de su imaginación. «Sea lo que sea, es grande».

El pasillo parece eterno. Lentamente, se adentra en la densa oscuridad que conduce a su habitación. Aferra con fuerza la escopeta.

La luz de las velas es tenue, pero deja entrever algo de lo que ocurre en la penumbra del dormitorio.

Desde el quicio de la puerta, María observa una masa de harapos sobre la cama. De ellos sale una delgada garra de uñas afiladas que está a punto de tocar el huesudo rostro de Andrés.

Una gota de sudor cae sobre el metal de la escopeta. La criatura que se oculta entre las ropas debe de tener el oído extremadamente fino, porque ha oído cómo cae la gota y se queda congelada. La garra se cierra. María acerca su dedo al gatillo. La extraña cabeza que hay entre los jirones se gira con parsimonia. María no puede cerrar los ojos, está empapada en sudor.

Desde el amasijo de harapos, dos ojos brillantes dejan de mirar a Andrés para fijarse en la mujer que apunta con el arma, apoyada en el quicio de la puerta. El corazón y las pupilas de María están a punto de reventar, pero no suelta el arma ni deja de apuntar.

El silencio de la noche estrellada se rompe con un alarido agónico e infernal.

5

Ojalá fuera una pesadilla, pero no lo es. Está viviendo algo tan real como los cañones de la escopeta que tiene en las manos. La criatura se ha girado hacia ella y la mira con ojos saltones, lo más destacado de un rostro cadavérico y repulsivo. No se mueve, se limita a abrir la boca, de labios finos y colmillos grandes y afilados. De su garganta emerge un grito terrible y agudo, una mezcla entre la voz distorsionada de una niña pequeña y una bestia monstruosa.

María aprieta el gatillo. Está aturdida. La fuerza del disparo ha provocado que su espalda choque contra la pared.

Con el miedo algo aplacado y la criatura caída en el suelo, se levanta, apoyándose en el arma. Lo primero que le llama la atención es la sensación de densidad que hay en la estancia. El olor a pólvora del disparo se mezcla con una peste que nunca antes había olido.

Se acerca a la criatura. Apenas hay un metro de distancia entre ellas. Un solo disparo, entre el cuello y el corazón, ha sido suficiente para herir de muerte al ser que se ocultaba entre los harapos.

De pie a su lado, la observa sin dejar de apuntar. La criatura se desangra, agazapada, junto a la mesita de noche de su marido. A pesar de su aspecto desagradable, ahora parece un animal herido.

Por un momento se olvida de ella. Comprueba que Andrés no tiene ningún rasguño bajo la sangre de la criatura que le salpica el rostro y que ha manchado la mesilla y la cama.

Al principio solo se oye la terrible respiración de su marido, pero pronto toma protagonismo otro sonido. Es la criatura, que también respira con dificultad.

María observa con más detenimiento el desagradable rostro de la criatura. Se fija en la herida abierta, bajo la cual hay un bulto que parece un pecho. Y junto a él, otro. «¿Esta criatura ha sido alguna vez una mujer como yo?», piensa. Contrariada, vuelve a mirarle la cara. El sonido que sale de sus labios le repugna y le recuerda a cuando algún vecino del pueblo hacía una matanza de cochinos. En cambio, los ojos saltones y brillantes le provocan lástima, sobre todo cuando se llenan de oscuras lágrimas.

La criatura se desvanece poco a poco. Su cuerpo se desliza con suavidad hacia el suelo, dejando restos de sangre en la mesilla. Cuando cae, su piel se transforma, se reseca, se resquebraja y se ennegrece.

El último sonido que emite es un suspiro fantasmagórico y tranquilo, como si por fin consiguiera el descanso eterno.

Unos segundos después, todo su cuerpo se transforma en cenizas que vuelan por la ventana.

María ha contemplado el espectáculo sin moverse. ¿Lo que acaba de vivir ha sido real? Puede que mañana se levante de la cama y no encuentre harapos ni sangre. Quizá sea una ensoñación, como lo que vive todos los días al levantarse y ver a su marido en el desayuno. Si tiene sueños despierta, ¿por qué no podría tener pesadillas?

Abre y cierra los ojos varias veces, pero el escenario no cambia. Los harapos siguen tirados en el suelo y las manchas en la mesilla de noche, la cama y el rostro de su marido que ha dejado la pestilente sangre de la criatura no se han borrado.

Resopla. No tiene tiempo para llorar. Como sabe que apenas va a pegar ojo, opta por limpiarlo todo para cansarse aún más.

Después de vivir una situación tan inexplicable necesita caer rendida.

Sale del dormitorio en busca de la fregona y los productos de limpieza, sin darse cuenta de que la respiración de su marido ha cambiado. El pecho de Andrés cada vez se levanta con menos fuerza y su garganta emite una respiración entrecortada y lejana.

6

Todo es muy extraño. Ayer hacía calor y hoy llueve. Un fuerte viento golpea las ventanas y la despierta. Son las diez de la mañana, pero no le importa haberse levantado tarde. Se incorpora y se dirige a la ventana del dormitorio para cerrarla y evitar que el frío entre y se lleve a su marido.

Enciende el gas de la cocina y coloca la cafetera encima del hornillo. Mientras se hace el café, mira el gran roble y el columpio que cuelga de una de las ramas. El suelo está empapado. No hay rastro de la fogata que hizo anoche. El agua ha terminado de limpiar la mezcla de cenizas de los harapos que llevaba la criatura, su camisón, el pijama de su marido e incluso las sábanas.

El dormitorio también ha amanecido muy limpio. María estuvo hasta las dos de la madrugada fregando el suelo y los muebles con lejía. Quitó las sábanas, lavó a su marido, se duchó e hizo una hoguera para eliminar cualquier rastro de la criatura y tirar toda la correspondencia sin abrir. Pero por primera vez en mucho tiempo, San Pancracio y el resto de santos se han quedado sin velas y sin llamas. Las plegarias protectoras ante una posible amenaza se han materializado en una escopeta.

«La muerte no ha podido conmigo, ni se va a llevar a mi Andrés», piensa, y le da un sorbo al café. Come con más ansiedad que de costumbre. Ha engullido tres tostadas de pan con aceite en apenas diez minutos. Tiene que aplacar el hambre con el que se ha levantado esta mañana. Anoche consumió mucha energía y está destrozada. No sabe de dónde sacó la fuerza para hacer frente a la criatura, quizás fuera el miedo. Tampoco sabe por qué sonríe. ¿Se siente viva? Por lo menos ha puesto sus ovarios en la mesa. Hace años se habría ocultado en la cocina esperando a que Andrés se enfrentara al problema, pero anoche tuvo que ser ella la protectora de la casa.

Esta vez no sueña con tener a su marido frente a ella. Se siente orgullosa aunque no lo pueda compartir con nadie. Se mira en la ventana de la cocina y sonríe. De pronto suena el teléfono. Es demasiado temprano para que sea su hija.

—Hola, María —dice un hombre al otro lado de la línea—. ¿Qué tal estás?

—Ah… Hola, Fermín —responde ella.

—¿Qué tal todo? ¿Y Andrés, cómo anda?

«¿Pues cómo va a andar? Atado a la cama, gilipollas», piensa ella, pero no lo dice. No puede soportar el tono forzado y meloso del director de la sucursal bancaria del pueblo. Desde que se jubiló el gerente que estuvo al frente del banco durante casi treinta años, la situación ha cambiado bastante. Los nuevos aguantan cada vez menos. En el mejor de los casos, un par de años. «Ahora prefieren llamarse responsables cuando vas a verlos a la oficina. ¿Responsables? ¡Si cada vez parece que mandan menos!».

—¿María...? —pregunta él—. ¿María?

—Bien. Andrés está bien Pero me vas a disculpar, Fermín. No puedo atenderte ahora mismo —dice secamente.

—María —Fermín deja su tono amable y toma distancia—. Me hubiera gustado decírtelo en persona, pero veo que es imposible. Desde la entidad hemos intentado contactar contigo.

Ya ni siquiera lo llaman banco o sucursal. ¡Ahora es la entidad! María no lo deja continuar. Pulsa con fuerza el botón de colgar y esputa resoplando:

—La entidad...

Recupera aire y se queda pensativa mirando la pequeña pantalla digital. En el buzón del teléfono hay varios mensajes de su hija, pero ahora no es el momento de escucharlos. No hablan desde que tuvieron la gran discusión hace un mes y María prefiere no hacerlo para no arrepentirse después.

—No merece la pena enfadarse tanto —le dijo Andrés el día que María montó en cólera cuando un chico del pueblo estuvo a punto de atropellar a la pequeña Lucía con la moto, aunque esto no evitaría que la niña acabase con la pierna escayolada—. Tranquila, cariño, tranquila. Llamaremos a la policía.

«¿Y ahora a quién llamo?». En aquella ocasión, a Andrés no le hizo falta insultar al muchacho. Solo le bastaba torcer la cara para infundir respeto. Y tras el incidente y la poderosa mirada de Andrés el chaval, cabizbajo, se acurrucó en su moto a la espera de que llegaran los municipales mientras a María, como siempre, se le iba la fuerza por la boca.

«¡Pero ayer lo hice!», repite en voz baja mientras da vueltas por la casa y aprieta los puños. Si ayer pudo, hoy también. Porque lo único que consigue con tantos recuerdos es hacerse daño, y ese dolor se acaba convirtiendo en algo físico que se le extiende por la cabeza y la espalda.

No tiene tiempo para rendirse ni para quejarse. Debe evitar preocuparse y mantenerse ocupada: ordenar la casa, limpiar bien los muebles... Sin embargo, pese a todo, se siente como un hámster en una jaula, encerrada en un bucle infinito. Porque por mucho ajetreo que tenga, no deja de sentirse encarcelada.

Quiere salir fuera y dar una vuelta por la parcela, mimar las plantas, los árboles y el huerto. Pero la lluvia no se lo permite. Ni la lluvia, ni el viento, ni ella paran en todo el día. Y así ha pasado la tarde, con el cansancio a cuestas y su lumbalgia crónica.

Abre el cajón que hay debajo de San Pancracio. Está lleno de pequeños milagros sanitarios: ibuprofeno para dolores, ansiolíticos para las noches interminables, pastillas para controlar el colesterol, crema para la lumbalgia.

Abre el bote de crema y se la unta como puede, refunfuñando. Está tan concentrada que durante un instante se olvida de escuchar la respiración de su marido, que desde anoche suena muy apagada. Deja la crema en el cajón y se acerca a él. Respira cada vez más despacio. «Mi Andrés se me va», piensa.

—¡No, Andrés!— grita, agarrándole con fuerza la mano—. No puedes dejarme No puedes dejarme sola, mi amor.

El hombre suspira y su corazón deja de latir. El calor del cuerpo se pierde, la piel se enfría.

María lleva mucho tiempo sin compartir sus penas con nadie. Quisiera ocultar lo que siente hasta a su propio reflejo. Hace esfuerzos por no llorar, por no lamentarse, por aguantar lo que tiene dentro. Pero el torrente estalla. Se le inundan los ojos de lágrimas y su inmenso dolor se convierte en un grito que se extiende por toda la casa.

La lluvia y el viento amortiguan el sonido.

Han pasado dos horas y María sigue clavada en el sofá del salón, en medio de la oscuridad. Su mundo se derrumba, con la sensación de que el techo y las paredes de la casa van a caer sobre ella. ¿Cómo va a seguir viviendo sin el amor de su vida? No va a dejarlo marchar, no está preparada. Los doctores y su hija se lo advirtieron. «Deberías llevar a papá al hospital, allí le darán paliativos, porque cualquier día...», le dijo Lucía hace tiempo.

Pero no ha querido escuchar a nadie. Ese «cualquier día» no llegaría, la muerte tampoco. ¿No la venció anoche?

La fe y el amor todo lo pueden. ¿No es así? Por muy cristalino que María lo vea, está inmersa en un gran incógnita y sólo tiene claro que en su dormitorio yace un cadáver, el de su marido.

«¿Debería llamar?», piensa. «Si Andrés viviera sabría qué hacer».

Desde niña es un satélite que orbita alrededor de los demás. Cualquier opinión le afecta. Ha sido maestra de escuela, pero fuera de allí se comporta como un lazarillo en busca de guía y de aprobación. Primero ha necesitado la de su madre y luego la de su marido, pese a los intentos de él por que no fuera así. Con su hija, en cambio, era el planeta en lugar del satélite. Y la relación entre ellas se deterioró con el tiempo. Sea como sea, está sola. No tiene a Lucía cerca, su madre lleva años muerta y su marido hace un par de horas que se ha ido de este mundo.

Lleva casi media hora con el teléfono en la mano, pero ya sabe a quién llamar. Aunque sea el contacto de una mujer muerta, ahora hay alguien que habita la que fue su casa.

—Hola, tía. ¿Cómo va todo? —pregunta Daniel.

—Dani... —responde ella—. Es que...

Pero no continúa.

Un escalofrío le recorre la espalda. Algo se mueve tras ella. No quiere girarse. Los sonidos tras ella suenan tan desagradables como los de ayer.

—¿Va todo bien? —le pregunta su sobrino.

La tía no contesta.

«Puede que sea otra criatura, un compañero que viene en busca de hambre y venganza», piensa, pero no dice nada. Daniel no creería lo que pasó anoche ni lo que está ocurriendo ahora. Hay algo real tras ella, algo que se acerca. Lo nota.

Se da la vuelta, manteniéndose erguida. En el fondo, prefiere irse con Andrés que seguir viviendo sola sin él.

—Tranquilo... Solo ha sido un susto. Descansa, mi vida —le dice con calma.

Su última palabra suena a despedida. Cuelga el teléfono, cierra los ojos y se da la vuelta. Se imagina que la bestia la devora rápidamente y descansa por fin con su marido.

—María —alguien pronuncia su nombre desde el pasillo.

Abre los ojos. La voz, extraña y distorsionada, le resulta familiar. Del interior de la penumbra emergen primero dos ojos brillantes, luego unas garras que antes fueron manos y finalmente el cuerpo de una criatura en pijama.

De pronto, su marido se ha convertido en un ser extraño y su miedo se ha transformado en esperanza.

7

Los pies son como garras de águilas: alargados, metidos hacia dentro, con uñas puntiagudas que a veces tocan la superficie del suelo y producen un sonido chirriante.

Andrés levita y se acerca a María. Ella lo mira desde abajo, como si fuese un dios. Se ha quedado congelada. ¡Las velas y plegarias han funcionado! «Por muy siniestra que fuese la criatura que mató ayer, podría ser un mensajero divino de San Pancracio», piensa. Por terrible que sea la sonrisa de su marido, que levita y le muestra los colmillos, tenerlo en frente no puede ser sino un milagro.

Andrés tiembla y cae al suelo de golpe. Ella lo levanta, lo apoya en sus piernas y lo abraza. No va a dejar que se vaya ahora que ha vuelto de entre los muertos.

El hombre transformado en criatura la observa con pena, pero también con hambre. Recorre con los ojos apagados el cuello de su mujer y detiene la mirada en las marcadas venas de las muñecas.

—¿Qué quieres, mi amor? —pregunta ella, emocionada.

Se abalanza sobre su muñeca y la muerde. María siente una punzada de dolor leve cuando los dos colmillos se introducen en su carne.

La sangre fluye desde sus venas y alimenta a Andrés, que bebe de su mano como si fuese un cachorro que se amamanta.

Sus ojos brillan de nuevo.

Con la boca llena de sangre, Andrés se incorpora.

Coge a María en brazos y la levanta con la misma fuerza que cuando eran adolescentes y paseaban por el río Tinto. Parece que apenas pesa.

En el cuello de Andrés, las gruesas venas se mueven como si tuviesen vida propia. María no presta atención a los inquietantes detalles y se deja llevar.

Lo importante es que su marido está vivo.

Levitan camino del dormitorio, a oscuras. En el transcurso del breve recorrido, María no echa de menos a sus santos ni a sus velas encendidas. Todo es oscuridad. Y su marido, a pesar del aspecto monstruoso, la posa en la cama con delicadeza.

Se quitan la ropa. Se miran. No es la mirada de antes del alzheimer. Es una mirada adolescente, cargada de pasión, alegría y fuego. La misma que la primera vez que se desnudaron y se perdieron entre la maleza, cerca de las aguas rojas del río Tinto.

8

El reloj marca las once.

María, con enormes ojeras, abre los ojos.

Las noches son muy largas. Se quedaría toda la mañana en la cama si no fuese por el olor que la ha despertado.

—¡Aquí huele a quemado! —exclama al incorporarse.

El sol, resplandeciente, se ha colado por la ventana, y un haz de luz está posado sobre el brazo de su marido.

Con la mayor agilidad posible, cierra del todo las cortinas.

La herida ennegrecida del brazo se cierra poco a poco. Andrés no se inmuta. Ella intenta hablarle, pero él no la escucha.

Su marido vuelve a ser el hombre desvalido que era. Ya no tiene colmillos, ni ojos brillantes, ni garras. Su respiración, sin embargo, es más tranquila y pausada, como si durmiera plácidamente. «¿Desde cuándo no ocurría lo de las últimas dos noches?», piensa, y se ruboriza al recordarlo. Tiene muchas agujetas y está muy cansada.

Si las noches van a ser así, necesitará comer más.

Un día hace sol, otro lluvia y frío, luego otra vez calor. Pero poco le importa a ella que el tiempo esté un poco loco.

Aprovecha que hace bueno y da una vuelta por el huerto para recoger algunos tomates y cocinar un buen salmorejo. Al agacharse, los músculos y los huesos de su espalda le recuerdan que tiene hacer las cosas de forma pausada. Sus dolores le han dado dos días y noches de tregua. ¡Y vaya noches tan espléndidas! No puede dejar de pensar en ellas.

Un rato después, está tan abstraída que no se percata del lujoso todoterreno gris que viene a lo lejos. El brillo del sol hace que el coche reluzca aún más y que la tierra del camino se vea más amarilla.

El silencioso vehículo frena a pocos metros de la cancela que separa la parcela de la calle.

Unas botas camperas se bajan del vehículo y caminan junto a la sombra de un hombre proyectada en el árido suelo.

—Hace mucho calor para recoger tomates —dice el hombre tras la verja.

—Tenemos que aprovechar lo que tenemos y más con este buen tiempo —responde ella bruscamente, mientras se levanta con dos tomates en las manos.

Los guarda en una bolsa y mira de reojo al tipo que está apoyado en la cancela.

Blas, a pesar de tener casi setenta años, sigue siendo un hombre apuesto. El sol que le pega en la espalda realza su estupenda figura. Incluso a la sombra, Blas es guapo. Pero María apenas se fija en él.

—Venía del pueblo y, camino de la finca, he querido parar a saludarte Ya sabes cómo son los jornaleros hoy día, hay que estar revisando todo a todas horas. Hay crisis... pero cuesta encontrar gente que trabaje en condiciones.

—Claro. Es lo que pasa cuando uno tiene tanto —dice ella, que quiere agacharse a recoger un último tomate y darle la espalda.

«Pero hay que ser educada y no dar la espalda a nadie cuando te hablan», como decía su madre, que en paz descanse.

—Bueno —Blas baja la cabeza para no mostrar que le ha molestado el comentario. Coge aire, sonríe y vuelve a alzar el rostro—. ¿Cómo estás, María?

—Bien, Blas. Como siempre.

—¿Y Andrés?

—Bien. Gracias por preguntar.

—Me alegro. Espero que todo vaya bien —dice, y toca la oxidada cancela, que se abre fácilmente—. Por cierto, deberías poner un buen candado. Te puede entrar cualquiera. Ya sabes, han vuelto los robos con esto de la crisis.

¡Dos veces ha repetido la palabra crisis! Después de todo lo que ha pasado, a María lo que se le repite no es la palabra sino el efecto que ha provocado. «Unos tienen y se mantienen, como Blas; otros, como mi sobrino, pierden y dan un paso atrás. Y luego está la gente como Lucía. Bueno, en mi hija mejor ni pensar ¿Y qué más le da a Blas que entren en mi casa?», piensa.

María no tiene nada interesante para un ladrón y no necesita a nadie que la proteja, para eso tiene su escopeta. «Y si la cosa se pone fea y se hace de noche, está mi Andrés. Aquí no entra nadie».

Después de un prolongado silencio, se despiden sin mirarse.

El hombre camina hacia el todoterreno con los hombros caídos y las llaves girando en las manos. Antes de abrir la puerta, se da la vuelta y vuelve a dirigirse a ella.

—¡María! —dice levantando la voz, y hace una pausa, pensando qué palabras usar—. Solo quería decirte que puedes contar conmigo para lo que necesites, sea lo que sea. Tienes las puertas de mi casa abiertas.

—Gracias, Blas. Pero no necesito otra casa. Ya tenemos esta.

—Yo solo quería —dice él, y va directo al grano—. Solo quería que supieras que mi casa está abierta. Por si las cosas cambian, ya sabes Yo siempre voy a estar ahí.

María rechaza la propuesta con la mirada y el ceño fruncido.

Blas se incorpora en su asiento. Recoloca el volante, cierra la puerta y arranca el coche.

«¿Qué sabe este hombre?», se pregunta María mientras el reluciente todoterreno desaparece a lo lejos.

Ahora es ella la que juega con algo que lleva en la mano.

Sin darse cuenta, aprieta demasiado.

—¡Mierda! —grita.

La mano derecha y el vestido están llenos de trozos de tomate.

—¡¿Qué quería ese?! —grita Andrés.

María, que se ha tomado dos platos de salmorejo y ha dormido una larga siesta, se despierta aturdida. No sabe dónde está ni se da cuenta de que es de noche.

—No sé a qué te refieres, cariño —dice mientras se despereza y se da la vuelta para mirar a su nuevo Andrés, de voz distorsionada, colmillos marcados, ojos brillantes y garras.

—Os he escuchado —contesta él, apesadumbrado, y levita desde el dormitorio hasta llegar al sofá, donde se sienta.

—¿Cómo que nos has escuchado?

—Lo oigo todo, María. Aunque repose en la cama, mis oídos están despiertos.

Su mujer se pregunta si, durante todos estos años en la cama, antes de que viniese la criatura y lo convirtiera en lo que es ahora, también lo oía todo.

—¿Blas quiere que te vayas a su casa? —le dice—. Hijo de puta.

—¿Crees que voy a irme con ese hombre? —le pregunta ella, que no reconoce a su marido diciendo tacos—. Su mujer sigue ahí Como tiene una buena casa, quizá pensó en compartirla con nosotros. Puede que se sienta solo. La gente cambia con el tiempo, y como su mujer.

—¡Ese cabrón no cambiará en la vida! —exclama Andrés.

De nuevo, María se sorprende por la forma de hablar de su marido.

—Ese cree que puede comprarlo todo. Te ha querido siempre y ahora quiere que seas suya. ¿No te das cuenta?

—No puedo creer que tengas celos ahora, a la vejez —dice María con sorna—. Si tú nunca...

Andrés baja la cabeza.

A pesar de los dos grandes colmillos, su rostro compungido da pena. Parece un niño que se siente culpable por haber hecho algo malo.

—No pasa nada, mi vida. Nunca me iría con él —dice, y lo abraza como si fuese un bebé.

—¿De verdad que no?

María sonríe y niega con la cabeza.

Andrés se agacha, se acerca a las piernas de su mujer y clava sus colmillos en las nalgas.

Ella mira al techo y cierra los ojos. Se concentra en su respiración, en los latidos del corazón y en la ruidosa succión.

Él intenta saciarse con la sangre que emana de las piernas de María, pero su mente está intranquila.

Hace una mueca siniestra. El brillo de sus ojos se oscurece, como si los ojos se convirtieran en un pozo negro.

La boca, grotesca y diabólica, está llena de sangre de la que se alimenta, la sangre que emana de las heridas producidas por las dentadas en los muslos de María.

9

—Es raro —dice Daniel, que ha vuelto de visita.

Unos días antes, su tía habló con él para explicarle por qué le había llamado: «Ayer no pasó nada, solo me asusté porque tu tío dejó de respirar durante unos minutos. Cuando colgué, volvió a estar bien».

Desde aquella noche, Daniel tiene una sensación extraña. Al entrar en el dormitorio y mirar a Andrés postrado en la cama, lo ha visto mejor. A María solo le ve algo más de color en la ropa. Parece muy cansada, pero no va a decirle nada.

—¿Raro? —pregunta ella.

—No sé cómo explicarlo, tía. Se ve diferente. Hasta su respiración suena distinta. Quizás sea... —empieza a decir, y se detiene.

—¿Qué, cariño? —dice María dulcemente pero con la mirada inquisidora.

Daniel se sienta al lado de Andrés. Coge la mano de su tío con ternura. Tiene una posible explicación, pero no quiere hablar delante de él.

—Cuando las personas —dice, evitando mirar al rostro de su tío— están a punto de... Ya sabes. Cuando la gente está a punto de marcharse, experimenta una leve mejora. Una especie de energía antes del final.

—¿Final? A tu tío le queda mucho, Dani. Te lo aseguro —dice María con una sonrisa pícara, consciente de que guarda un secreto que no puede compartir con nadie.

—Ya… Bueno, hay otra cosa que…

—¿Te parece que tomemos un cafelito de puchero en la cocina? —interrumpe María.

Daniel no puede rechazar la invitación. Sobre todo después de haber estado hablando por *Skype* hasta medianoche con Lucía.

Lo raro no es hablar con su tía en la cocina, sino hacerlo con un disco de éxitos de Raphael de fondo. María ha llevado el tocadiscos al dormitorio y lo ha puesto junto a la cama.

—La música lo relaja mucho —dice María.

—El otro día no había —comenta él, sorprendido.

—Desde que lo hago, parece diferente. Tú mismo has visto el cambio de una semana para otra. ¿A que tiene mejor color ahora?

«Puede que esta mujer esté perdiendo la cabeza, con todo lo que está pasando», se dice Daniel. Pero evita dispersarse y se centra en lo importante: su tío se está muriendo y tiene una misión que cumplir.

—Tía —dice, tras tomar un sorbo de café—, creo que deberías arreglar las cosas con Lucía.

—Ya te dije que va a su aire.

—Lleva un mes intentando hablar contigo.

—No hay nada que arreglar —sentencia María.

—No sé, tía. Deberías volver a hablar con ella. Yo estuve un buen rato charlando con ella anoche.

—¿Y qué te contó?

Daniel se queda callado.

María mira el viejo columpio que cuelga del roble. No quiere tener esa conversación. Pero su sobrino le agarra la mano y la devuelve a la realidad.

—¿Cuántas veces ha intentado contactar contigo? Todos los días te deja mensajes. Deberías contestarle. Al menos decirle que estás bien Lucía solo quiere lo mejor para ti.

—¿Lo mejor para mí? —pregunta ella—. No lo creo. Siempre ha hecho lo que le ha dado la gana. Tu prima quiere que deje a su padre en un hospital, tirado, como un perro.

—No es cierto. Quiere que a su padre le den cuidados paliativos para que no sufra.

—¿Que no sufra? Ella está acostumbrada a quitarse de en medio cuando hay problemas. Yo no voy a hacerlo. Y nadie va a cuidar a tu tío como yo, ¿te enteras? —dice en voz cada vez más alta.

Se quedan en silencio.

—Tía, te comprendo —dice Daniel, suavizando el tono—. Sé cómo te sientes. Pero a veces hay que aceptar las cosas como son Y deberías hacerte a la idea: tienes que dejarlo marchar.

«Dejarlo marchar», piensa ella. «¿Qué va a saber este niño? Tiene más de cuarenta años, pero no sabe lo que es un amor de verdad, nunca ha tenido una relación como la suya. ¿Quién aguanta toda la vida? Nadie. Ya queda poca gente como nosotros, que estamos juntos desde que éramos adolescentes. Toda una vida». Pero no le merece la pena comenzar un debate con él.

—Tú no lo entiendes, tu prima tampoco. Estáis acostumbrados a no arreglar las cosas, solo a tirarlas. Lucía además debería callarse. Con todo lo que hicimos por ella y se va y nos deja aquí solos.

—Todo se ha ido al carajo. La crisis ha jodido muchos negocios. Lucía no tuvo más remedio que cerrar el suyo.

—E irse como si nada. Sin…

—¿Sin qué, tía?

—Nada, Dani…

María se muerde la lengua. No solo guarda los secretos de su marido, sino también los de su hija.

—Mejor que cada uno se ocupe de sus problemas —dice—. Ahora todo es así, ¿no? Cada uno a lo suyo.

Incómodo, sin resolver lo que pasa entre su tía y su prima, Daniel termina el café y se levanta.

María se queda sentada, sin cambiar de postura. Él se agacha para darle un beso en la frente y ella nota la ternura en el gesto. Sus miradas se cruzan. En los ojos de ambos se intuye una enorme disculpa por las palabras que no tenían que haber pronunciado.

Daniel sale de la casa con los ojos cristalinos. Siente una mezcla de dolor, rabia y pena. Ha preferido no hablar de los recuerdos que le han venido a la cabeza tras la conversación.

María se queda a solas en la penumbra de la cocina.

10

El tocadiscos ha acabado en el suelo.

También el disco de éxitos de Raphael.

Está todo roto.

La noche ha llegado acompañada de la furia de Andrés.

—Cálmate, mi vida —dice María, intentando acercarse a él.

Su marido levita y la esquiva.

—¿Cómo quieres que me calme? Me has puesto el tocadiscos al lado. Tengo el oído extremadamente sensible.

—Solo quería...

—¡¿Qué, María?!

Andrés toca el suelo, se acerca a María, la coge por los hombros y la zarandea.

—¿Querías que no me enterara de que hablabas con mi sobrino?

—No, yo...

Pero no puede terminar. Las lágrimas y el miedo evitan que siga hablando. Le empieza a doler la espalda.

Andrés la suelta.

Baja la cabeza y se aparta de ella. Se siente mal por haberla zarandeado, pero no es capaz de decírselo.

—No me toques —le pide Andrés.

María se ha llevado una mano a la espalda. Parece que el dolor ha subido hasta la cabeza. Le da igual lo que le pase, solo piensa en él. Intenta tocarlo con la otra mano, pero él levanta el brazo sin mirarla y marca la distancia.

—¿Cómo has podido ocultarme que Dani estaba aquí? Llevo despierto una semana y no me has dicho que está viviendo en el pueblo.

—Andrés, mi vida —María intenta bajar con su mano la garra de su marido para acortar la distancia entre ellos—. No te lo he dicho porque no quería alterarte. Si Dani te ve, podrías asustarlo, porque ahora...

—¿Asustarlo? —pregunta él, y aparta violentamente la mano de María—. ¡Aléjate!

Andrés levita sobre su mujer.

Ella intenta contenerlo.

—Me has hecho mucho daño. Mucho daño.

Ella observa a su marido sobrevolar la habitación y salir por la ventana.

Tiene la espalda muy tensa. Arrastra los pies y agarra el alféizar con fuerza, como si fuera a romperlo. Teme lo peor, y, aunque desea evitarlo, termina gritando entre lágrimas:

—¡No te marches, por favor, no te marches! No puedes dejarme, mi amor. ¡No puedes dejarme!

11

Los gritos de María se diluyen en el aire de la noche. No puede dejar de imaginarse lo que podría suceder. Sus pensamientos son tan oscuros como las nubes que surca Andrés.

Su marido vuela a muchos metros del suelo. A esas alturas, el viento es muy frío, pero él no lo percibe. Su cuerpo irradia una temperatura abrasadora, como si tuviera fiebre. Sin embargo, cuando se toca la piel, el tacto es como gélido.

«Tengo el pellejo de hielo», piensa, sin dejar de volar.

Se siente fuerte a pesar de la edad. Si lo viese ahora mismo su sobrino, pensaría que es uno de esos superguerreros de los dibujos animados que veían juntos cuando lo recogía del colegio y comían en casa de su hermana. Y, como un superguerrero volador, Andrés cruza el cielo y el pueblo poco iluminado hasta llegar a una vieja casa tras la iglesia.

***

—¿Qué haces, tío? —escucha decir.

Tiene el oído tan agudizado que es capaz de oír a quien está al otro lado del teléfono hablando con su sobrino.

El salón de la pequeña casa rural se ha transformado en una especie de estudio con estanterías llenas de libros, cómics y películas, mobiliario moderno y coloridos carteles de cine y superhéroes. Bajo el póster de un fornido Superman, se encuentra el escritorio.

Daniel está sentado frente al ordenador encendido. Habla por teléfono con un amigo sin darse cuenta de que Andrés acaba de descender del cielo y lo observa a través de la ventana.

—En casa, con el ordenador —contesta Daniel—. Haciendo limpieza de disco duro.

—¿Y la casa? ¿Cómo la llevas?

—Bien. La he cambiado un poco. Si mi madre la viese... —sonríe Daniel y mira a su alrededor—. Estas cosas solo me dejaba ponerlas en el cuarto.

—¿Y tus tíos?

Daniel hace una pausa, como si le costara contestar. Andrés escucha con atención desde fuera.

—Mi tía no quiere ver lo que va a pasar Y mi tío —carraspea Daniel— ya no siente nada.

—Lo mejor que podía pasar sería...

El interlocutor no acaba.

Andrés baja la cabeza. La frase que acaba de escuchar le pesa como una losa.

—Me resulta raro verlo así... Es... Era un tío fuerte. De pequeño todo el mundo me decía que era igual que Christopher Reeve.

Andrés levanta la cabeza y sonríe. ¡Qué recuerdos!

—Podrías contar esa historia: «El tío que se parecía a Superman». ¿Habrás empezado ya con tu guion, no?

—Aún no —Daniel sonríe ante la ocurrencia de su amigo—. En breve...

—Joder, llevas allí casi un mes. Necesitas currar en lo que sea y dejar de pensar.

—No es fácil. Tengo ideas vagas, pero...

—Tómatelo como una oportunidad. Siempre has querido escribir. Ahora tienes tiempo y no tienes que aguantar a nadie —dice su interlocutor, pero enseguida nota la incomodidad de Daniel y añade—: Me refiero al trabajo, no a... Lo siento, no quería...

—No te preocupes.

Daniel suspira, se toca la boca. Está incómodo. Le pasan por la cabeza algunos recuerdos de una relación de casi diez años, con sus aciertos y errores.

—Ya ha pasado tiempo desde lo de... —dice, sin atreverse a pronunciar su nombre.

—No quería hablar del tema. Ya te has torturado suficiente desde que lo dejasteis.

—Bueno... Me dejó.

—Sí, te dejó. ¿Y? Las cosas se acaban. Ya vendrán nuevas experiencias.

«¿Nuevas experiencias?» Ni tiempo ni ganas le quedan. En un año ha salido con algunas chicas. El resultado, ya fueran historias de una noche, un fin de semana o un mes, nunca ha sido positivo. No por ellas, seguramente, sino por sus heridas abiertas.

Un año después, sigue pensando en «ella».

Y «ella» no se ha terminado de marchar. Esa indefinición que le aporta usar «ella» le viene bien para tapar el dolor. Lo dejaron por otro. Lo sabe y se lo calla. No quiere volver a hablarlo con su amigo ni darle más vueltas, aunque el tiempo pesa.

—Han sido diez años juntos. ¿Te imaginas si tú lo dejaras con tu mujer? ¿Cuánto tiempo lleváis?

—Veinte años —responde su amigo al teléfono.

—¡Media vida!

—Estamos muy bien. Tenemos una niña, pero ¿quién sabe? La vida da muchas vueltas. Lo importante es el día a día. Y si algún día, estamos mal, pues se acabó.

—Lo ves muy fácil desde fuera.

—Si las cosas se pudren... solo hay que dejarlas marchar. Creo que todo debe funcionar así.

—Dejar marchar —dice Daniel, tan bajo que parece que habla para sí mismo.

No puede dejar de pensar en lo sucedido por la mañana en casa de sus tíos. Como si le hubiera pedido a su tía que se olvide de su marido enfermo, con el que lleva toda la vida. «Se está muriendo, pero no se ha marchado», piensa ahora. Y le ha dado un consejo a su tía que él no es capaz de seguir. Pese a haber terminado mal, el recuerdo idealizado de su ex persiste. «Tienes que dejarla marchar», se repite a sí mismo antes de continuar con la conversación.

—Bueno, ahora debo intentar concentrarme. Escribir, hacer cosas lo que sea. Al menos tengo ahorros para estar tranquilo. Imagino que volveré a Madrid dentro de unos meses.

—Seguro que te concentras. Con las pocas chavalas que habrá en un pueblo perdido de la sierra de Huelva, no te queda otra.

Daniel sonríe y percibe cómo su amigo también lo hace al otro lado de la línea. Pero la sonrisa dura poco, porque le han entrado dudas: ¿Y si no tiene nada que escribir? ¿Y si no vale para nada lo que escribe? ¿Y si tiene que volver a Madrid a buscarse la vida cuando ya se han olvidado de él?

—Vive la vida al día, Dani. Que luego lo echarás de menos.

Daniel asiente con su cabeza, como si el otro lo viera.

Al otro lado del teléfono se oye llegar a alguien.

—Bueno, Dani, mi mujer acaba de llegar y me toca preparar la cena. Cuídate mucho, ¿vale? Te quiero.

Daniel se despide cariñosamente y se sienta delante del ordenador. Abre la carpeta «fotos». Entre las de «trabajo» y «familia», el cursor se queda parado en otra llamada «ella». También tuvo que renombrar la carpeta para evitar leer ese nombre.

Se queda unos segundos en blanco.

«¿Hasta qué punto merece la pena seguir metido en algo que acabará aún peor de lo que está?», piensa.

Está a punto de pulsar el botón. Resopla y dice en voz alta: «Dejar marchar, aplícatelo».

Con un simple clic, elimina casi diez años de vivencias, viajes y recuerdos. «Ojalá fuera tan fácil borrarlos de tu cabeza», piensa. Y está a punto de apagar el ordenador cuando se detiene ante la carpeta «familia». La abre.

Esta noche le toca ser sádico y revolcarse en el barro de la nostalgia.

Al abrir la carpeta, estallan cuarenta y dos años de recuerdos de golpe.

Ahí están su niñez, su adolescencia, su madurez.

Sus abuelos, su madre y su padre (la gran mujer frente al tipo fácilmente olvidable), su hermano pequeño, un hombre divertido pero un desastre; su prima siempre distante, sus queridos tíos y él, con sus defectos siempre a cuestas y su manía de no reconocer sus virtudes. ¿Quién le queda ahora?

Recorre las fotos en las que aparece junto a su tío. En algunas está con su madre y en otras con su tía María. En las imágenes se percibe el amor y el cariño entre ellos.

Daniel fue el primer hijo de su madre, el primer nieto de la familia y el sobrino preferido de su tío, que le compraba cómics de superhéroes y lo llevaba a ver películas de Superman, su héroe favorito de niño. Sus amigos lo apodaron «Tito Rives!». No era por la ginebra, sino porque estaba fuerte y fibroso y tenía un caracolillo en el pelo y cierto parecido con el protagonista de Superman, Christopher Reeve.

Recuerda que lo miraba con orgullo cuando paseaban por las calles del pueblo, camino al colegio o al cine. Incluso llegó a llevarlo de pesca y de caza. Si sus amigos, los modernos de la capital, supieran que su tío le enseñó a disparar, le desterrarían. Pero a él le importa un rábano porque, a diferencia de mucha gente que se llena la boca con lecciones morales y luego practican otra cosa, su tío era un hombre de códigos y, entre ellos, estaba el ir de caza y pesca para comer, nunca para divertirse.

Andrés siempre ha sido un hombre bueno y sencillo. Daniel quería parecerse a él cuando creciera. Pero se fue a estudiar a Madrid y se quedó allí a trabajar y comenzó a cambiar, hasta en sus gustos. El niño que admiraba a Superman, terminó su adolescencia con Batman y se hizo adulto con Sandman. Cada vez venía menos al pueblo, hasta que al final solo viajaba cuando había fiestas populares o entierros. Es normal que se acabaran distanciando física y mentalmente.

La vida ha hecho que vuelva a casa de su madre, que está llena de recuerdos. Y ahora a su tío le queda poco tiempo.

Andrés, como si compartiera la mente con su sobrino, ha recordado los mismos momentos que Daniel. «Qué importante es la memoria y qué terrible es perderla», piensa, rumiando todo lo que ha ganado y todo lo que ha perdido a lo largo del camino.

Emocionado, acerca una garra a la ventana. Le gustaría que Daniel le invitara a entrar. Desea abrazarlo y decirle que no está solo.

La larga uña está a punto de tocar el cristal, pero su propio reflejo le frena. No le gusta lo que ve.

Ha renacido hace una semana, pero no se ha mirado en ningún espejo hasta este momento.

Lo que observa es espantoso y triste. Unos ojos brillantes de los que salen lágrimas oscuras, unos labios grotescos y unos colmillos grandes. Es un vampiro que necesita sangre. Su estómago ruge pidiéndole alimento. Tiene hambre.

Andrés recoge su garra.

Sobre la garra, transformada en un puño, caen varias lágrimas. Se contiene para no lanzar un grito infernal. No va a hacerle daño a su sobrino.

En ese instante comprende las palabras de María: «Si Dani te ve, podrías asustarlo». Y no solo las comprende, las completa: «¡Ahora soy un monstruo!».

Daniel oye un estridente sonido a su espalda. Se gira, se levanta de la silla y se acerca a la ventana. Ve algo volando a lo lejos.

Tiene cuarenta y dos años, pero el que está delante del cristal es otro, el niño que algún día fue, el niño que hubiese mirado al cielo y no hubiese parado de imaginar: «¿Será un pájaro?».

12

El viejo columpio aún funciona. Las cadenas pueden sujetar peso. Andrés lo construyó para que durara toda la vida y, casi cincuenta años después de que lo colgara del gran roble, sobre la tabla en la que se sentaron su hija y su sobrino, se balancea.

—¿Por qué no entras? —pregunta María, que está apoyada en el alféizar de la ventana de la habitación y tiene los ojos rojos de tanto llorar.

La estampa de su marido vampiro sentado en el columpio, con la cabeza baja y las manos apoyadas en las rodillas, le entristece: «Lo que estará sufriendo», piensa.

—Anda —le dice—. Entra en casa, mi vida.

Andrés sube la cabeza.

La mira.

Llora, pero no dice nada.

—¿Qué te pasa, amor?

María se gira hacia el interior del dormitorio.

El bote de crema sigue encima del santuario.

Resopla. Lleva toda la noche dándole vueltas a la cabeza y con dolor de espalda. Los pensamientos se los puede tragar, pero para aliviar el dolor necesita la crema.

—Estoy muy cansada. Entra en casa, anda Yo no puedo salir volando como tú.

Andrés se ríe.

Ladea la cabeza, se levanta y deja atrás el columpio y el viejo roble.

Levita hasta la ventana, pero no entra.

María está sorprendida. El rostro de su marido ha cambiado en apenas unos segundos y ha pasado de la tristeza a la picardía.

—Tengo una idea mejor —dice, y le tiende la mano a su mujer—. ¿Bailamos?

—Te has cargado el tocadiscos, Andrés. No sé de dónde...

Pero él no la deja terminar y la saca de la habitación.

María abre los ojos. Está volando por encima de su casa. La altura y el frío le hacen temblar.

—¿Adónde me llevas?

—Confía en mí —dice él, sujetándola con fuerza.

Como Superman y Lois Lane, sobrevuelan las enormes minas en las que trabajaron sus abuelos y las ruinas de la antigua fundición de cobre y pasan por delante de la estación de tren convertida en reclamo para turistas. La agudizada vista de Andrés busca entre los árboles el caudal del río y los hilillos de agua que pueden verse desde arriba como venas que circulan por la tierra y el suelo rocoso.

El agua del río Tinto está bañada por el azul oscuro casi negro de la noche. Su color rojo apenas se ve. Andrés localiza una zona más clara, bañada por la luz de la luna llena, y comienza a descender, cambiando la horizontalidad por la verticalidad de los cuerpos, como si estuviera pilotando una nave.

El pie de María está a punto de tocar el agua, pero él la levanta justo a tiempo.

Ella suspira aliviada, Andrés sonríe.

—¿Bailamos aquí? —dice.

Su mujer no contesta.

—¿Te acuerdas de cuando veníamos al río?

—Sí, éramos unos chavales —se ruboriza María al recordarlo—. Pero pocas veces hemos venido de noche.

—¡Era muy divertido! Aquí nadie podía vernos.

—¿Bailamos?

—¿Y cómo vamos a bailar sin música?

—Nos la inventamos.

—¿También puedes hacer que suene música? —dice ella con sorna.

—No. Puedo hacer otras cosas, pero eso no. Aunque sé tararear. ¿Me acompañas?

Ella asiente.

Andrés comienza a tararear una melodía.

A María le cuesta reconocerla, pero se concentra y los ojos le empiezan a brillar. Enseguida se une a él. Es la canción que bailaron el día de su boda.

Con el río Tinto bajo sus pies, danzan en el aire con la luna llena al fondo mientras imaginan que, en medio de la noche y la nada, suena a todo volumen *Como yo te amo,* cantada por Raphael.

Desnudos en la cama, miran al techo.

—Hace mucho frío para hacerlo en el río. Ya no somos dos chavales, cariño.

—¿No? —pregunta él con picardía.

María le devuelve la sonrisa. Esta noche le recuerda a su adolescencia.

—Tienes la piel muy suave, pero está helada —le dice mientras acaricia el pecho de su marido.

—Pero por dentro tengo calor, como si tuviera fiebre.

María le toca la cara.

—Lo siento —dice él, posando el rostro en la mano de su mujer—. No volveré a hacerlo.

Ella asiente.

—Mi amor... Esto que me está pasando es raro, sé que antes yo no era así. No volveré a comportarme de esa manera. La próxima vez intentaré controlarme.

María niega con la cabeza, como si ya no supiera discernir entre el recuerdo y lo que está viviendo. «¿Alguna vez su marido se comportó como lo ha hecho esta noche antes de salir hecho una furia?»

—Llevabas razón, cariño.

—¿En qué? —pregunta ella, conmovida.

—No tenía que haber ido a verlo. No he podido tocarlo ni pedirle que me dejara entrar. Si él me viese así se asustaría. ¿Qué soy? ¿Un vampiro? ¿Un monstruo?

Andrés clava la mirada en el techo y se queda en silencio unos segundos. Y María no tiene una respuesta certera a la pregunta de su marido. ¿Es un vampiro? Por su aspecto podría ser, pero lo cierto es que nada tiene que ver con lo visto en películas antiguas. Tiene ojos brillantes, garras y colmillos, se alimenta de sangre y le repele la luz del día. Sin embargo, los santos y las cruces no le hacen nada, aunque ella los tiene de espaldas a la cama, más por vergüenza que por cuestión de fe. Y se refleja en los cristales. Tampoco es que sea un fantasma para ser transparente. Sea un vampiro o simplemente un monstruo, las contradicciones entre lo que sabe de historias inventadas y lo que ve no son tan importantes para María como el cambio del carácter, entre el Andrés antes del Alzheimer y el Andrés nuevo y resucitado. «¿Alguna vez su marido se comportó como lo ha hecho esta noche antes de salir hecho una furia?»

—No sé si siempre te gustare como soy ahora —sale Andrés de su ensimismamiento en el techo.

María también sale de sus pensamientos, aunque le inquieta lo que acaba de escuchar. Como si su marido tuviera poder telequinético y hubiese descifrado sus divagaciones mentales.

—Puede que hasta tú dejes de quererme —continúa Andrés, evitando que su mujer vuelva a perderse en sus pensamientos.

María coge la cara de su marido con las manos.

Luego lo besa y le obliga a mirarla a los ojos.

—Yo te querré siempre. ¿Lo sabes, verdad?

Él asiente con cara triste.

Se besan.

Las dos garras se cruzan en la espalda de María.

El rostro de su marido pasa de la tristeza a la lujuria. Le clava los colmillos en el cuello.

En medio de la sábana se forma un pequeño río de sangre.

María y Andrés parecen volver a escuchar su canción.

13

Ni rastro de la mancha de sangre.

Gracias a los trucos de blanqueamiento de María, las sábanas están impolutas y ondean en medio de la parcela, colgadas de una cuerda que conecta la casa con el viejo roble. Pese a que ya estamos en noviembre, el tejido se secará pronto gracias al viento y al sol que pega fuerte.

Desde primera hora de la mañana, María está reventada. Andrés, sin embargo, reposa plácidamente en la cama desde que poco antes de que apareciera el amanecer en el horizonte.

Hace años, antes de enfermar, la habría ayudado, pero anoche no lo hizo.

A mediodía, con el cálido sol y la leve brisa, sumado al sonido contínuo del ondeo lento de las sábanas, María se ha quedado dormida en el columpio. No ha sido el vaivén del columpio, sino el cansancio.

Una cabezada en el desayuno, otra a media mañana y una siesta después de comer. Descansa a trompicones y se pregunta si puede aguantar el ritmo, porque cada vez duerme menos. Las horas le pesan y, por mucho que coma, no tiene energía suficiente

Poco a poco, se apaga.

Y cuando por fin consigue conciliar el sueño, suena el teléfono.

«¿A quién se le ocurre llamar a las cinco de la tarde?», se pregunta aturdida, con la marca del sofá en la cara.

Varios segundos después, con el teléfono pegado a la oreja:

—¿Sí?

—Hola, María. Soy Blas.

—Hola, Blas. Dime —le dice secamente.

—Sé que el otro día... Bueno... Te noté muy incómoda.

—No sé a qué te refieres.

Se produce un silencio incómodo.

—Bueno —Blas carraspea al otro lado del teléfono—. Que yo no quise ser grosero.

«¿Grosero? ¿Se puede ser más cursi?», piensa ella. ¿Podría ir al grano? Como Blas no lo hace, María da el paso.

—Blas, por favor, ¿podrías ser un poco más directo?

El hombre sonríe, suspira y dice:

—Te dije lo de mi casa porque es grande Y sé que bueno, ya sabes

—¿Ya sabes qué?

—Bueno... ya sabes... por si la cosa se complica. El director y yo somos amigos y me ha contado...

Las entidades han cambiado, pero hay algo que sigue igual que siempre. Los directores nuevos duran muy poco tiempo, pero el suficiente para coger confianza con los que tienen dinero. «Es así y siempre lo será», piensa María, y resopla.

—¿Y qué te ha contado? —le pregunta.

—No es asunto mío, pero no voy a permitir que os quedéis en la calle. Puede ser de un día para otro y Aunque mi mujer esté mal, en mi casa hay sitio para todos. Tú y Andrés, el tiempo que esté... podéis quedaros aquí.

Hace años, María le habría dado las gracias a regañadientes. Que sientan misericordia por ella no le importa, pero que le digan que su marido va a morir, sí.

—No necesitamos tu caridad. A Andrés le queda mucho tiempo.

Está a punto de decir que le queda «toda una vida», pero se calla.

—Yo solo —empieza a decir él.

María le oye tragar saliva. No le deja pensar ni le da tiempo para que busque las palabras adecuadas.

Cuelga el teléfono y mira fijamente el columpio y el roble.

En cualquier momento pueden perder la casa.

14

María se despierta de un salto. Tiene un bicho en la mano.

«Mira que asustarse por un escarabajo cuando tengo un vampiro dentro de casa», piensa.

Es la cuarta vez que se queda dormida hoy. Está en el porche. Se ha despertado con un cielo atrapado por la noche.

Entra en casa, medio adormilada.

—Andrés, cariño —dice mientras recorre el pasillo hacia el dormitorio

«Seguramente esté en el techo pegado. Alguna que otra noche lo ha hecho», piensa.

Pero alza la vista y no lo ve.

La cama está vacía y la ventana abierta.

Se acerca al alféizar. Su marido no está en el roble ni lo divisa en el cielo nocturno. «¿Dónde se habrá metido?», piensa, y se sienta en la cama.

La preocupación se extiende por el ambiente como una neblina. Por primera vez desde que Andrés se convirtió en una criatura de la noche, en un Drácula de pueblo, las viejas fotos del matrimonio que hay junto a los santos, las vírgenes y las velas apagadas, parecen brillan.

María coge una. Es de su boda y está descolorida. Ha pasado mucho tiempo. Sus rostros relucen y no tienen arrugas. Se fija en la mirada de su marido. Le aterra pensar en aquellos ojos bondadosos y tiernos. No por lo que fue, sino por lo que es ahora. No es la primera noche que María pensará en los ojos brillantes y terroríficos que tiene su nuevo Andrés ni en los cambios bruscos de humor, la compulsividad y los celos.

Andrés es distinto por fuera, pero ¿cuánto se ha transformado por dentro?

15

Lo zarandea y le grita:

—¡¿Qué has hecho?!

Pero Andrés no contesta. Tampoco puede. Es de día.

María estaba tan destrozada que se quedó dormida con la foto de la boda en su regazo.

Anoche le venció el cansancio, pero ahora, recién levantada, vuelve a preocuparse.

No sabe a qué hora llegó Andrés ni dónde ha estado. Lo que más le inquieta, sin embargo, es el origen de la sangre que tiene en los labios, en parte del cuello y en el pijama azul.

Ella no tiene ningún mordisco reciente. «¿Habrá matado a alguien?», se pregunta. «Seguramente ayer, tras escucharme hablar con Blas», se responde, y se echa las manos a la boca.

Se incorpora.

—¡Ay! —grita, y pega un golpe en la mesilla con la mano cerrada—. ¡Cago en mi padre!

Tiene el pie lleno de sangre pero no ve ningún mordisco.

La herida parece reciente.

Al zarandear a su marido, la foto que tenía en el regazo ha caído al suelo. El cristal del marco se ha roto y un pequeño cristal ha ido a parar a sus pies.

Sentada y con varias tiritas puestas, coge el teléfono de la cocina. Hoy tampoco tiene tiempo para los mensajes de su hija. Busca una llamada entrante. No ha recibido ninguna aparte de las de Lucía, que no contesta, así que tarda poco en localizar el número de Blas.

Pulsa la opción de «rellamada».

Al otro lado, nada.

Lo vuelve a intentar, pero nadie contesta.

Empieza a dar vueltas por la estancia, hasta que le llama la atención un destello a lo lejos. Se acerca a una ventana de la cocina que da a la parte delantera de la casa y observa una serie de brillos metálicos que circulan en fila india.

Una hilera de vehículos se aproxima desde el horizonte.

El primero es un coche funerario alargado y oscuro. Detrás de él van tres vehículos de alta gama y de la misma marca.

María no puede mirar.

En su mente se forma una oscura neblina que se disipa y que, como una escena de película gótica, le muestra una imagen cargada de humo, luces y sombras.

Una escena terrible.

Una víctima de un asesinato cruel: Blas, con el cuello retorcido y el cuerpo seco de sangre.

Un asesino implacable: Andrés, que sonríe como el mismo diablo y arrastra el cuerpo sin vida de Blas en medio de un enorme cortijo.

16

María suspira.

Ha tardado poco en salir de casa. Le ha bastado con abrir los ojos y dejar que la respiración se calme y el corazón palpite a un ritmo normal.

Blas, destrozado, la observa desde el asiento del copiloto del todoterreno gris que conduce su hijo.

María mira la fila de coches desde la verja de su casa.

Por un momento muestra un poco de compasión por Blas, del que tan cerca ha estado en los últimos días. Intuye que la que ha fallecido es su mujer, «la pobre llevaba años malita».

Pero la compasión se convierte en un pensamiento triste e inquietante. Se pregunta si habrá sido Andrés quien la ha matado, pero su fe le impide aceptar que sea un asesino. «Dios es el único que puede llevarse a una persona, y si...». No termina la frase. Le duele pensar en su marido como un resucitado que no respeta la vida de otros. Siente un peso enorme, y tiene ganas de llorar.

Cuando los coches han desaparecido, desliza las manos por los barrotes de la verja y se derrumba.

No puede comer nada.

Después de haber sido testigo visual de la caravana fúnebre, se ha limitado a pensar y pasear en bucle.

—María —dice Andrés a su espalda.

Es de noche y ella está frente al columpio.

—Lo construiste para que durara toda la vida.

—Sí. Espero que esté ahí siempre, como el roble, como

—Quizás no todo tenga que durar para siempre —dice María, sin volverse a mirarlo.

Su marido la mira de frente y ve que tiene los ojos irritados.

—No entiendo, amor.

—Andrés —dice María girándose hacia él. La pena se ha transformado en furia—. ¿Has matado a la mujer de Blas?

—No.

—¡No me mientas!

María lo reta con la mirada, pero el fuego en sus ojos se apaga pronto.

—Por favor, dime la verdad.

Andrés apoya la espalda en el tronco del árbol. Mira hacia arriba, como si quisiera concentrarse antes de comenzar el relato.

—Anoche no sé lo que me pasó. En mi cabeza retumbaba la conversación que tuvisteis por teléfono. Estaba rabioso. ¡No podía soportar que Blas te comprara! —exclama. Luego hace una pausa y, antes de continuar, traga saliva y dice en un tono más triste—: No podía soportar que te comprara como siempre ha hecho con todo a su alrededor. Estaba furioso y me levanté con ganas de destrozarlo, de dejarlo seco, sin sangre... De repente, llegué a aquella casa —Andrés vuelve a tragar saliva, hace otra breve pausa y, emocionado, prosigue—. ¿Sabes que no puedo entrar en una casa si no me invitan?

María niega con la cabeza, aunque sí que lo sabe. No deja de ser otro detalle inquietante más que siempre ha formado parte del folclore y las historias de vampiros.

—No puedo entrar en una casa si no me invitan. Por muchas ganas que tuviese de matarlo, no podía entrar allí sino nadie me lo pedía. Tenía que esperar a que saliera. Pero al final lo hizo ella.

—¿Su mujer? Pero si estaba muy enferma —dice María, incrédula—. Tenía cáncer y hacía tiempo que no podía hablar.

—Ella no, pero su energía... era como una voz en su interior que me pedía que entrara y la ayudara. Blas se había quedado dormido viendo la televisión. A pesar de las ganas que tenía de vengarme al llegar a su cortijo, cuando pude entrar pasé por delante de él sin hacerle caso. Lo importante era ella y la voz que me atraía al interior del dormitorio

Andrés no imagina que su mujer está ilustrando las palabras de su relato con imágenes de su cuerpo inerte en la cama, con el progresivo deterioro que ha sufrido a lo largo de los últimos años.

—Y cuando entré, me encontré con un cuerpo consumido, una mirada perdida en el techo y algo que me invitaba sin cesar a acabar con aquella mentira —dice, dejando la última palabra en el aire, como si tuviera cerca de su rostro un aire contaminado y oloroso del que no puede desprenderse—. Le clavé los colmillos en un tobillo y con su sangre, me llevé también parte de su energía, lo que ella sentía Esa mujer sufría desde hacía mucho mucho tiempo. Solo quería marcharse y descansar de tanto dolor y tantas mentiras. Prefería morir antes que vivir así. Yo no la maté, María. Solo la ayudé a descansar.

Se miran en silencio durante unos segundos que se hacen eternos.

—Entonces —dice ella—. ¿Aquella criatura entró en nuestra casa porque tú te querías marchar?

Andrés no quiere contestar.

Hombre y mujer, vampiro y humana, han llegado a la misma conclusión pero prefieren no expresarlo en voz alta.

La terrible verdad se apodera de ellos.

Andrés, como la criatura que lo ha convertido en lo que es ahora, solo quería ayudar a una moribunda a marcharse. Sin embargo, aquella noche, una escopeta acabó con el monstruo y su sangre, accidentalmente, se transformó en lo que es ahora, un vampiro.

Andrés levanta la mano para acariciarle la cara a su mujer.

—¿En qué piensas, mi vida?

María camina hacia él y lo abraza.

—Aquella noche, si yo no hubiera matado a la criatura...

—No estaría aquí, contigo, mi amor —interrumpe Andrés, sin dejar acabar la frase a su mujer.

María y Andrés apoyan sus caras en la espalda del otro.

El abrazo debajo del roble se pierde en la oscuridad de la noche.

17

Otra noche sin pegar ojo.

Otra mañana sin hambre.

Otro café y ya van tres.

Y lo que menos se espera: una visita.

Han llamado al timbre.

María abre la puerta, extrañada.

—Buenos días, señora. He visto que la cancela estaba abierta y bueno —dice un joven de poco más de treinta años mientras, con gesto torpe e incómodo, saca de su maletín un documento y se lo muestra—. Tiene usted que firmar aquí. Es una notificación.

Pero ella no lo toca. Se limita a leerlo rápidamente, apretando los ojos a medida que avanza y sin dejar de pensar en que tenía que haber puesto un buen candado en la entrada. Cualquiera se puede colar en tiempos de crisis, como le dijo Blas cuando le habló de posibles ladrones.

—¿Me está diciendo que tengo que abandonar mi casa en ? —pero no termina la pregunta al recordar que, según el documento que acaba de leer, se trata de apenas unos días.

Levanta la cabeza y mira al joven oficinista, que sujeta la notificación en el aire.

—Puñetero banco... Bueno... Entidad. Así lo llaman ahora, ¿no?

—Señora, yo solo he venido a notificar. Debería firmar la orden y evitar cualquier problema.

«Ahora le cambian el nombre a todo», piensa. A «avisar de que te vamos a quitar tu casa» lo llaman «notificación», a «evitar que luches por todo lo que tienes» lo llaman «problema».

El silencio de María, que tiene la mirada ojerosa y perdida en el horizonte, inquieta al hombre.

—Espere un momento —dice de pronto, y entra en casa dejando la puerta entreabierta.

El joven oficinista, algo extrañado ante la desaparición de la señora, mira su reloj. Son casi las dos de la tarde. «Jodida hora para entregar una notificación como esa», se dice a sí mismo. Afortunadamente, es la última de la jornada, que ya son varias.

Oye los pasos de la señora y el ruido de la puerta que se abre y levanta la cabeza.

Se ha quedado mudo.

María le está apuntando con la escopeta desde el interior de la casa.

—Nadie nos va echar de nuestra casa —le dice—. ¡Nadie!

Y dispara el arma.

Los pocos pájaros que hay en la zona salen espantados de entre los árboles.

Los cañones de la escopeta de caza aún humean.

El joven oficinista corre hacia el coche, aparcado tras la cancela de entrada. La única palabra que puede articular su boca es «joder», que se repite tanto como se multiplican las gotas de sudor que expulsan los poros de su piel.

Los pocos metros que distan del vehículo se le hacen eternos.

Cuando por fin llega, arranca y huye a toda velocidad.

María baja el arma y mira el maletín tirado en el suelo del porche, que tiene un gran agujero negro que lo atraviesa. Luego recoge la notificación del suelo y la rompe en pedazos.

Entra en casa apoyada en la escopeta, como si fuese un bastón. Ha tardado poco en cogerla porque la tenía muy cerca. Muy cerca tiene la escopeta y, también, los puñeteros pensamientos destructivos.

María lleva despierta desde el amanecer. Cuando Andrés se quedó dormido pensó: «¿Y si abro las cortinas, entra el sol y se quema?».

«Demasiado cruel».

Horas después, un nuevo intento: le apuntó varias veces con la escopeta. Tampoco le resultaba agradable, «hubiera sido como matar a la criatura».

No puede hablar ni soltar un simple gemido, así que llora en silencio porque teme que su marido escuche los llantos. Incluso le da un miedo tremendo que Andrés tenga el poder oculto para descifrar sus pensamientos.

No puede explicarse la reacción que ha tenido con el joven del banco, pero intenta consolarse.

«Solo he disparado a un maletín lleno de papeles. He destrozado un portátil, pero no he matado a nadie. Puede que haya asustado al muchacho y él haya creído que...».

Su mente se queda en blanco. No sabe qué hacer. Le aterra.

Sola ante peligro de acabar en la calle o encerrada con un monstruo que despertará al caer el sol.

18

A las cinco en punto de la tarde, tres horas después del incidente, dos todoterrenos de la Guardia Civil se detienen frente a la verja.

Los guardias civiles han llegado tres horas después del incidente.

¿Quién le iba a decir al joven oficinista que su aventura no había hecho más que comenzar? El hombre estaba tan nervioso que se fue de allí demasiado rápido. Y su pequeño utilitario no era el mejor vehículo para circular por aquellos caminos de tierra. A pocos kilómetros de la casa, el coche dio un volantazo al meter las ruedas en un agujero. Acabó en una cuneta con el móvil destrozado bajo el asiento del copiloto. Al cabo de unos minutos, salió del vehículo y echó a andar con la esperanza de encontrar a alguien en aquella zona casi desértica y sin apenas vecinos. Casi una hora y media después, se encontró con una furgoneta que circulaba por allí. El conductor le dejó su teléfono. Fue entonces cuando pudo realizar la llamada de socorro.

El joven oficinista no recuerda haber vivido una tarde tan tensa. Está tan cansado que decide quedarse en la parte de atrás del todoterreno, con el traje pegado al cuerpo por el sudor.

Los dos agentes que están en los asientos delanteros abren sus puertas.

El joven oficinista observa cómo los cuatro agentes se bajan de los dos vehículos.

Avanzan hacia la casa, pero un disparo los hace retroceder.

De una de las ventanas asoma el cañón de una escopeta.

La mujer guardia civil mira el edificio tras la puerta del coche patrulla.

El joven oficinista resopla y traga saliva y se alegra de haber decidido no moverse del todoterreno.

La mujer da indicaciones, apoyadas con gestos, a sus tres compañeros, que están resguardados tras las puertas de los vehículos para protegerse de posibles disparos.

Los cuatro guardias se incorporan y se reúnen detrás de uno de los todoterrenos. Se disponen a caminar hacia la verja, pero todos se detienen al oír la frenada de un coche que acaba de aparcar a unos metros de distancia.

—Esperen, por favor, esperen —dice Blas al salir de su reluciente todoterreno gris.

Del lado del copiloto se baja Daniel.

María, que observa lo que ocurre a lo lejos, no entiende nada.

Blas se acerca a uno de los guardias civiles, dejando a la mujer de lado.

—Yo estoy al mando, dígame —dice ella.

Blas tarda unos segundos en reaccionar.

—Esa mujer está sola —dice—, tiene a su marido enfermo. Por favor, sé que están haciendo su trabajo, pero les rogaría que nos dejaran hablar con ella.

La guardia civil mira a sus compañeros, ladeando su cabeza.

—Está bien.

Blas se dirige a la cancela e intenta entrar.

—¿Qué hace? —pregunta la mujer mientras un agente lo agarra del brazo antes de que pueda acercarse a la verja—. Hable desde aquí. No voy a poner en peligro a nadie.

—Pero si es solo una mujer... —dice Blas.

—Esa señora tiene un arma —le corta ella, indignada por la frase que acaba de oír. Teme que la termine con «es solo una mujer» o, incluso, añadiendo un adjetivo: «indefensa»—. Puede hacer daño a cualquiera. A mediodía ha estado a punto de herir al administrativo que vino a traerle una notificación.

La guardia civil y Blas miran al joven oficinista que está dentro del todoterreno. Todos lo hacen. El joven oficinista desvía la mirada y se fija en la camiseta de Batman que lleva Daniel. «Lo que daría ahora mismo por estar más fresquito», pero no quiere salir del coche. Se siente débil y avergonzado.

Blas asiente y mira a Daniel.

Suena el teléfono de la cocina.

María, que no se fía mucho de quienes están fuera,

deja apoyada la escopeta en la ventana: «Así pensarán que no me he movido de aquí», se dice.

Avanza hacia la cocina lo más rápido que puede y levanta el auricular.

—María, no compliques las cosas, por favor —le dice Blas al otro lado de la línea.

—¿Qué queréis? —pregunta ella mientras vuelve al lugar donde ha dejado el arma.

—Que entres en razón.

—No voy a marcharme de mi casa.

—Podemos solucionarlo. Hay opciones.

—No, Blas. No puedo abandonar mi casa ni dejar tirado a mi marido.

—¿Cómo que no puedes? María, por favor.

—No, Blas. No.

—¡Hay solución! Tienes que pensar en ti —dice Blas con voz rota—. Sé cómo te sientes Hace unos días perdí a mi mujer.

—¿Y qué fue ella para ti?

Al otro lado del teléfono mutismo absoluto. Para María no es señal alguna para frenar su interrogatorio.

—Blas ¿Se ha ido el amor de tu vida?

Dos preguntas y Blas no responde.

Daniel y los guardias no entienden el cambio en el semblante de Blas, que se queda callado sin saber qué decir. Ni él mismo sabe qué responder ni cómo sentirse, no sabe si en sus entrañas lo que se mueve es dolor por la pérdida o simplemente culpa.

Al otro lado del teléfono, María rompe el silencio al otro lado del teléfono:

—Tú no puedes entenderme. Tampoco creo que

sepas cómo me siento porque nunca has tenido la sensación de perder todo lo que has trabajado y conseguido en la vida. Todo.

Blas tiene los ojos vidriosos.

—María, lo siento, de verdad. Siento que estés pagando tus problemas con los demás. Siento que me eches en cara todo lo que te está pasando.

Se produce un profundo silencio.

La guardia civil mira hacia la ventana y luego a Blas, que no sabe cómo continuar la conversación. Por su cabeza pasan cientos de momentos del pasado, imágenes fugaces y recuerdos de un amor que nunca fue correspondido. Un amor tan idealizado como irreal que seguramente también se habría agotado con los años. ¿Se habría cansado de ella como le pasó con su mujer? ¿Se habría convertido la relación en una mentira como su matrimonio? ¿Se habría aburrido de ella como se ha aburrido de todos los objetos y personas que han pasado su vida? Quizás la historia con María hubiera acabado de la misma forma: «aguantando». Aguantando la enfermedad, aguantando a hijos y nietos que solo piensan en la herencia y a los trabajadores de una empresa que heredó y que siempre ha odiado. Estos últimos días, mientras su mujer se marchitaba después de una oscura metástasis que se le extendió por el cuerpo, Blas se había dado cuenta de que no sentía nada por nadie pero deseaba vivir los últimos días de su vida con María, quizás porque sentía que está tan solo como ella.

—María —continúa Blas sobrio y apagado, tras las autorrevelaciones que le escupe a la cara su propia mente—, no me gustaría que esto acabase mal para ti. Aunque no lo creas, no lo quiero... —Blas hace una incómoda pausa y dice—: Por favor, sal de la casa, deja la escopeta en el porche y evita que esto...

Pero ella no le deja terminar.

Blas mira al suelo. Pero no va a llorar. Ha llorado tanto estos últimos días en solitario que sus ojos se han quedado sin lágrimas. De pronto escucha el ruido de la cancela y se da la vuelta.

—¿Qué hace? ¿Dónde va? —grita uno de los agentes.

Daniel, aprovechando el momento de la llamada, ha abierto la verja y corre hacia el porche.

19

Los gritos de los guardias civiles no le frenan.

—¿Qué haces con ese hombre? —le pregunta María cuando lo tiene a pocos metros de distancia de la ventana.

La pregunta a Daniel le importa poco. Se echa la mano en el pecho, se toca las rodillas, resopla por el carrerón que se ha pegado.

Su tía lo mira.

Ha corrido unos metros, pero ahora avanza con lentitud, mirando de vez en cuando hacia atrás.

A su espalda, los agentes están en modo espera.

—¿Pedimos refuerzos? —pregunta uno de los guardias civiles.

—Esa mujer solo quiere que la dejen en paz. No va a hacerle daño a nadie, y menos aún a su sobrino —dice Blas.

—¡¿Se puede usted callar?! —grita la guardia civil, volviendo la cara hacia él—.

Blas calla, se muerde el labio y da un paso atrás.

—No.

María no permite que su sobrino entre en casa.

—Tía —insiste Daniel—, déjame pasar.

—Te he dicho que no —responde la mujer desde el otro lado de la ventana.

—Dame solo unos minutos, por favor.

María aparta la mirada.

Duda unos instantes.

Pero termina asintiendo:

—Dime lo que quieras desde ahí.

—Yo solo quería —dice Daniel, muy cerca de la ventana.

—Habla más bajo, por favor —susurra su tía.

—¿Cómo? —pregunta extrañado.

—Haz lo que te digo.

—Está bien —susurra ahora también el sobrino—. Antes de nada debes tranquilizarte, tía. Vamos a hacer todo lo posible por ayudarte para que esto quede como un malentendido. Blas se enteró de lo que había pasado por un vecino del pueblo. Ese vecino había recogido al hombre que vino esta mañana a notificar. Estaba...

Daniel quiere evitar hablar del miedo que ha pasado el tipo. «Ese hombre no tiene culpa de nada», piensa. Su tía sabe lo que esconde y sonríe como si el disparo hubiera sido una pequeña travesura.

—Blas le pidió al vecino que no se lo contara a nadie del pueblo. Lo ha hecho para evitar escándalos y que nadie viniera a molestarte. Luego fue a buscarme a mí para intentar que entres en razón.

—¡Qué buen hombre! —exclama María con sorna—. Te ha llamado para que ayudes a la loca de tu tía a entrar en razón.

—¡Joder! —Daniel levanta el tono de su voz, pero vuelve a bajarlo para continuar—. Blas solo quiere ayudar.

—Ya.

—Y yo, tía confía en mí —María traga saliva—. Siento lo de Lucía. No sabía nada. Ahora puedo entender que no hables con ella. Pero todos cometemos errores. Todos, tía Y estoy seguro de que podrás perdonar a mi prima algún día. Lucía no ha actuado con maldad ¿Quién podría pensar que todo se iría a la mierda con la crisis?

— ¿Perdonar? Tu prima siempre ha sido muy egoísta. ¿sabes lo que más me duele?

Daniel no responde y se concentra en las palabras de su tía.

—¿Quién no haría lo posible por ayudar a una hija a levantar cabeza? No creas que me duele haber hipotecado mi casa para ayudarla. Habrás escuchado mil veces eso de lo que duele un hijo. Es cierto. Sobre todo cuando te arrastran al agujero y desaparecen.

María hace una pausa, aprieta los labios y se traga el odio que le recorre por dentro.

—Nunca supimos que la maldita letra pequeña podría arrastrarnos Yo no entiendo de finanzas ni de bancos. Eran cosas que siempre llevaba tu tío. Cuando firmamos a mí me extrañó mucho porque a él nunca le gustaron los créditos ni los bancos. Tu tío siempre ha sido de ahorrar. Pero lo firmó y yo, que siempre he confiado en él, hice lo mismo. ¿Y sabes cuándo se firmó?

En la cara de Daniel comienza a descifrarse la incómoda respuesta. Tras la breve pausa, María frunce el ceño antes de hablar.

—Aquella operación se firmó cuando tu tío estaba comenzando a perder la cabeza. Y con el tiempo entendí que si hubiera estado bien quizás nunca hubiera firmado aquella condena.

—Lo siento, tía —dice Daniel, conmocionado—. No tenía ni idea de eso. Ni creo que mi prima Lucía

—¿Quién iba a saber entonces que tu tío estaba empezando a perder la cabeza? Son malos tiempos Ni en la peor de las pesadillas uno puede pensar que a su hija le irá mal y se quitará de en medio cuando más se la necesita.

Daniel mira a su tía buscando un poco de compasión, pero no la encuentra. Pero en los ojos de María solo hay tristeza y decepción.

—Sé que tú no tienes la culpa, Dani. Eres como tu madre, como tu tío. Has vivido tu vida, has sido muy independiente... pero siempre has estado ahí. Las pocas veces que venías, te pasabas a vernos y echabas un rato con él. Siempre andabas trabajando, pero nunca dejabas de contestar una llamada suya. Nunca nos diste de lado.

—Era... —Daniel no puede contener las lágrimas que caen de sus ojos—. Mi tío era la primera persona que me llamaba por mi cumpleaños. Siempre. Es algo que echo de menos estos últimos años.

—Lo sé, mi vida —dice María con dulzura—. Pero ahora todo ha cambiado. Debes alejarte de aquí y convencer a esa gente de que se vaya.

Levanta el arma.

—Vete, Dani. Hazlo.

Dani no puede articular palabra.

Da unos pasos atrás sin dejar de mirar a su tía.

Cuando lleva unos metros, se da la vuelta y camina cabizbajo hacia la verja.

Los guardias le esperan al otro lado de la cancela.

—No sé qué está pasando, de verdad no lo sé —dice Daniel, que de pronto se ha convertido en un niño que se sorbe los moquillos de la nariz y se quita las lágrimas de la cara con su antebrazo.

Uno de los guardias le pone la mano en el hombro a modo de consuelo.

La guardia civil se coloca entre Daniel y sus compañeros.

—No se preocupe —interviene amable la agente—. Sabemos lo de tu tía y todo lo que está pasando: los problemas con la casa, su marido enfermo. Son muchas cosas. Esa mujer ha vivido mucho estrés. Vamos a intentar entrar. A ella no le va a pasar nada... Y ustedes quédense aquí, no se muevan, ¿de acuerdo?

Daniel y Blas asienten.

La guardia civil da indicaciones a dos agentes, que

rodean la vivienda por ambos lados mientras ella camina con paso firme, seguida de un compañero que sujeta el arma que lleva junto al cinturón.

—¡Señora, voy a acercarme! —grita la guardia civil, debido a la distancia—. Solo quiero que se calme y deje de apuntar. Baje el arma.

Pero María no lo hace.

No teme que entren, sino que oscurezca.

Apenas quedan unos minutos para que el sol caiga y llegue la noche.

Está tan concentrada en la guardia civil que no se ha dado cuenta de que dos de los agentes han entrado en la parcela, cada uno por un lateral de la casa.

Varios metros de distancia separan a ambas mujeres, una en medio de la parcela, otra en el interior de la casa, pero las dos se miran fijamente a los ojos.

La guardia civil está acostumbrada a no pestañear en este tipo de situaciones.

María tampoco parpadea. Está tensa y bañada en sudor, pero se ha endurecido mucho estos últimos días y no está dispuesta a soltar el arma.

Uno de los agentes avanza agachado por la pared del porche, agachado. Está a punto de llegar con su mano a tocar el cañón de la escopeta.

El otro, también agachado y sigiloso, se encuentra a unos centímetros de la puerta principal.

—¡Váyanse, por favor! ¡No quiero que les haga daño!

La guardia civil se extraña. «¿Quién no quiere que nos haga daño?».

La mano del agente agarra la escopeta y consigue tirar de ella.

María cae hacia atrás y grita.

Al ver el arma en el suelo, el otro agente golpea la puerta con la pierna. Cuando el agente ha dado dos pasos hacia el interior de la casa, el sol acaba de ocultarse en el horizonte

En medio del salón María se levanta con esfuerzo, con una mano en su espalda, gimiendo de dolor y negando con la cabeza.

A pesar de que la mujer esté desarmada, el guardia civil apunta con el arma. Pero no apunta a María, sino al siniestro ser que acaba de salir del dormitorio y levita sobre el suelo.

Andrés tiene la boca y las dos garras abiertas. Los dientes parecen más afilados que nunca.

El grito que proviene del interior de la casa asusta y congela a todos: a los tres agentes que están cerca de la puerta, a Blas y Daniel que están junto la verja, y al joven oficinista que se ha quedado dentro del todoterreno.

Ninguno de ellos ha oído un grito tan infernal en su vida ni está preparado para lo que va a suceder.

20

Como un simple despojo, el guardia civil es expulsado de la casa. La criatura solo ha tenido que levantar su garra y golpear con toda su fuerza en el abdomen del hombre.

El agente, que se ha roto una pierna al impactar contra el suelo, se está desangrando. Con el golpe, la criatura le ha clavado las garras en el abdomen y al hombre se le están saliendo las tripas.

Uno de los guardias corre hacia su compañero para intentar auxiliarlo.

La guardia civil y otro guardia sacan sus armas de sus cinturones y apuntan hacia el salón, pero lo que tienen enfrente se mueve demasiado rápido.

Andrés sale disparado hacia arriba y rompe el techo de la vivienda.

Levita sobre la casa mientras observa a sus presas con los ojos brillantes. ¿A cuál atacará primero?

Desde la verja, Daniel se lleva las manos a la boca. Sensaciones cruzadas en su interior. Su tío no está muerto, pero ¿en qué se ha convertido? Nunca, ni siquiera de niño, podría habérselo imaginado volando en pijama azul.

Detrás de él, Blas está practicando una creencia abandonada hace años: se echa las manos a la esclava con la virgen que lleva en la muñeca. Aunque gasta poco tiempo en dejar los rezos y pensamientos. Corre hacia su reluciente todoterreno gris, se mete dentro, arranca y pisa el acelerador sin mirar atrás.

El joven oficinista, que sigue dentro de uno de los todoterrenos de los guardias civiles, cierra las ventanas con celeridad. La mala espina que le produce esa casa parece no tener límites.

Andrés, como un ave rapaz, desciende desde el cielo hacia una de sus presas. Un agente intenta frenarlo, pero las balas de su pistola se pierden en el aire.

El monstruo lo atrapa con las manos y los pies en forma de garras y vuelve a subir hacia arriba.

Suspendidos en el aire, Andrés muerde el cuello de su presa y absorbe toda la sangre que puede. A los pocos segundos lo tira al suelo y el cuerpo revienta en el pavimento como si fuese un insecto sin importancia alguna.

El agente al que hirió en la casa exhala su último aliento con las tripas esparcidas entre sus manos y el suelo.

El tercer guardia, que aún está a salvo, grita y dispara al monstruo. Andrés, con la boca y el pijama llenos de sangre, recibe un impacto en la cara y otro en el brazo, pero no se inmuta. Para él son pequeños rasguños.

Toma un fuerte impulso desde el aire.

Se lleva por delante al tercer guardia, arrastrándolo

por la tierra, entre los árboles del huerto. El rostro del hombre sufre mucho, su piel es arrasada por el suelo uniforme de tierra, árboles y plantas. El doloroso calvario termina cuando la cabeza da con el tronco de un árbol y se destroza.

La única agente que queda en pie le dispara.

Andrés se mueve entre los árboles, como un felino, saltando de uno a otro con agilidad.

La guardia civil se queda sin munición.

Andrés se acerca a ella con paso lento pero firme. La mujer, no se achanta ante el hombre convertido en bestia que viene hacia ella.

La escopeta de María está tirada en el suelo, a menos de tres metros de distancia de la guardia, que mira el arma y se lanza a por ella.

Pero no logra alcanzarlo. Andrés la ha cogido por las piernas y está suspendida en el aire. De pronto la lanza contra la pared de la casa.

La mujer nota el golpe en las caderas y en el brazo izquierdo, que no puede mover.

Desde el suelo, observa a la bestia. La horrible cara de la criatura se aproxima a ella. Está a punto de morderla.

—¡No! —grita María, apuntando con la escopeta.

Andrés se gira y la mira con ferocidad.

—Tú no eres un asesino, tú no.

—¡Todo es culpa tuya! —grita Andrés.

Su mujer pone el dedo en el gatillo.

—Esto no tenía que haber pasado. Yo no quería que

—¿Qué es lo que no querías? —pregunta Andrés, sonriendo con maldad—. ¿Engañarme? Me ocultaste que Daniel estaba aquí, que hablabas con Blas a mis espaldas. Me ocultaste lo que pasó con tu hija. ¡Eres una mentirosa! —grita, y coge por el cuello a la guardia civil—. Nadie nos va a echar de aquí. ¡Nadie! ¡Mataré a todos los que lo intenten!

—No, amor... Tú no eres así —María baja la escopeta—. Eres un buen hombre.

—¿Lo soy ahora? —Andrés no suelta el cuello de la agente. A la mujer cada vez le falta más aire para seguir con vida.

—Suéltala, mi amor. Ella no tiene la culpa Por favor, suéltala —le dice, y vuelve a levantar el arma—. Yo nunca quise engañarte ni hacerte nada malo. Solo quería cuidarte.

—¿Cuidarme?

—No te conté nada para que no sufrieras

Andrés observa su reflejo en la ventana de la casa. Con la herida abierta en uno de sus pómulos y la sangre que le recorre la cara, las garras y el pijama azul, resulta una figura monstruosa aún más inquietante.

—Más no puedo sufrir —dice mientras suelta el cuello de la agente.

La mujer tose y toma todo el aire que puede.

Andrés observa primero sus garras y luego a la guardia civil, que intenta recuperarse. No puede evitar mirar.

Los ojos brillantes de Andrés tienen un nuevo objetivo: la herida abierta que tiene su víctima en el brazo. La sangre lo llama.

María no baja el arma.

—Andrés, no sigas.

Pero él sabe que no va a disparar y le devuelve una mueca triste.

La agente cierra los ojos... como a la espera de una terrible y agónica muerte.

21

Tres disparos.

Uno en el hombro, otro en el estómago y el último en el corazón.

Andrés sigue en pie, rígido.

Su propia sangre, más oscura que la de los tres hombres a los que ha matado, cae sobre las garras a borbotones.

Se da la vuelta y mira a su sobrino.

Con el rostro descompuesto y la pistola de un agente en la mano, Daniel, descompuesto, observa a la criatura que algún día fue el hombre que más ha querido en el mundo.

—Lo siento, tío... Lo siento.

En la mirada de Andrés no hay atisbo de odio cuando escucha y mira a su sobrino.

Sus ojos brillantes se tornan tiernos, de dónde caen dos enormes lágrimas y oscuras lágrimas que se mezclan con la sangre de su rostro.

Tiempo después, su sobrino seguirá sin poder descifrar aquella última mirada.

El aterrador monstruo le sonríe. Puede que recuerde que fue él quien le enseñó a disparar. Quizás le agradezca que haya frenado la locura en la que ha derivado todo y que le alivie de la tortura que está sufriendo.

Andrés se mantiene en pie, aunque tiene espasmos y respira con dificultad. De sus pulmones sale una respiración aquejada y enferma, como antes de que despertara de su letargo transformado en una bestia de la noche.

Entre lentos jadeos, observa a los tres cadáveres que yacen en distintos lugares de la parcela de su casa.

La guardia civil le mira con asco y desprecio. Le resulta imposible perdonar a la moribunda criatura que acaba de asesinar a sus tres compañeros.

María siente compasión. Haciendo un esfuerzo por no llorar, se acerca a él y lo sujeta, antes de que caiga al suelo.

Daniel deja caer la pistola al suelo, mientras se acerca a sus tíos.

María, con las rodillas en el suelo, tiene apoyada en sus piernas el cuerpo de su marido, que rodea con sus brazos.

Daniel se agacha y extiende la mano, hacia su tío, que la toma con una de sus garras.

Los jadeos se hacen cada vez más pausados, mientras la criatura se convierte en el hombre que era antes. La piel se reseca, se resquebraja y se vuelve oscura. Los ojos pierden brillo, los rasgos se suavizan, las garras se

114

ponen rígidas y el último aire de los pulmones es expulsado a través de un tranquilo suspiro.

El cuerpo comienza a evaporarse.

Daniel y su tía se miran. Luego, observan las cenizas que se producen mientras el cuerpo se evapora.

Las cenizas sobrevuelan en el ambiente como si fuesen partículas con vida propia en busca de un nuevo destino. Las partículas abandonan la parcela, atraviesan el aire y se pierden en la oscuridad.

A pesar de que ha sido la noche más dolorosa de su vida, María se siente en paz. El peso invisible que ha soportado durante tanto tiempo desaparece.

La guardia civil la observa extrañada.

Con solo una mirada, Daniel comprende a su tía. No hace falta decir nada. Se acerca a ella y la abraza. Bajo el cielo estrellado, parecen conectados.

Daniel sabe que tendrá que contar esta historia. María simplemente deja volar su imaginación.

Las cenizas de Andrés sobrevuelan las enormes minas y las ruinas de la antigua fundición de cobre y pasan por delante de la estación de tren convertida en reclamo para turistas; sobrevuelan los hilillos de agua que pueden verse desde arriba, como venas llenas de sangre que circulan por la tierra y el suelo rocoso, y se acercan al agua roja que corre bañada por el azul oscuro casi negro de la noche.

Por aquel río Tinto, rojo como la sangre, fluye ahora una de esas fantásticas e increíbles historias, como las que Andrés le contaba a María.

El recuerdo en el que dos amantes tararean una canción y bailan en el reflejo del agua se transforma en otra cosa.

Ya no es una historia, tampoco un recuerdo.

Es una leyenda.

Agradecimientos

La publicación de este libro no hubiera sido posible sin la confianza en el relato que ha depositado Berenice, el cariño editorial de su equipo y el editor de esta novela, Javier Ortega. Para contar esta historia ha sido fundamental el ánimo que me han regalado mis primeros lectores (y grandes amigos), Carmen, Olmo y Ale. Por supuesto, tengo que agradecer todo lo que he aprendido de mis abuelos, de mi madre y de mi hermana, que tanto me han ayudado a crecer y a resistir. Y, especialmente, quiero dedicar este libro al que siempre fue y seguirá siendo mi superhéroe favorito: mi tío. Gracias a mi tío Antonio, el niño que llevo dentro, al que regalaban cómics y llevaban al cine todos los sábados, se ha atrevido a escribir *Rojo sangre*.

MANUEL H. MARTÍN